LYNETTE EASON

VERGELTUNG IN TANNER HOLLOW

Aus dem amerikanischen Englisch von Susanne Naumann

SCM
Hänssler

SCM

Stiftung Christliche Medien

SCM Hänssler ist ein Imprint der SCM Verlagsgruppe,
die zur Stiftung Christliche Medien gehört, einer gemeinnützigen Stiftung,
die sich für die Förderung und Verbreitung christlicher Bücher,
Zeitschriften, Filme und Musik einsetzt.

MIX
Papier | Fördert gute Waldnutzung
FSC® C014496

SCM Hänssler in der SCM Verlagsgruppe GmbH
Max-Eyth-Straße 41 · 71088 Holzgerlingen
Internet: www.scm-haenssler.de; E-Mail: info@scm-haenssler.de

Originally published in English under the title:
Protecting Tanner Hollow – Lethal Agenda

Originally published by Revell, a division of Baker Publishing Group,
Grand Rapids, Michigan, 49516, U.S.A.

Übersetzung: Susanne Naumann
Lektorat: Anne-Julia Haupt, HauptLektorat.de
Umschlaggestaltung: Jan Henkel, www.janhenkel.com
Titelbild: Adobe Stock: Tannen – Andriy Bäume (1) – Thinapob; Bäume (2) – tawin; Straße – Alex Stemmers; IN Dancing Light/Shutterstock.com
Autorenfoto: © Mary Denman
Satz: Satz & Medien Wieser, Aachen
Druck und Bindung: GGP Media GmbH, Pößneck
Gedruckt in Deutschland
ISBN 978-3-7751-6179-4
Bestell-Nr. 396.179

Für meine Familie,
die hundertprozentig an mich glaubt.
Ich liebe euch.

Für Jesus.
Meine Liebe zu dir wächst von Tag zu Tag.

Eins

Es war ein langer Tag gewesen. Claire Montgomery hatte nur noch den Wunsch, sich mit einem leckeren Abendessen und einem Glas kühlem Wasser aufs Sofa sinken zu lassen und das viele Böse, das es auf der Welt gab, zu vergessen. Wenigstens für ein paar Minuten. Doch gegen ihren Willen lief vor ihrem inneren Auge unerbittlich die Liste der Aufgaben ab, die sie noch erledigen musste, während sie ihr Auto in die Einfahrt lenkte.

Sie stöhnte. Die Ruhepause würde warten müssen. Packen war jetzt wichtiger. Seit ihrer Beförderung in die Leitungsebene der forensischen Abteilung in Asheville, North Carolina, vor drei Monaten forderte das Pendeln zwischen ihrem Wohn- und ihrem Arbeitsort einen hohen Zoll an Zeit und Energie von ihr. Deshalb hatte sie beschlossen, sich ein Haus in der Nähe ihres neuen Wirkungsortes zu suchen. Wenn man ihr nicht gestattet hätte, zwei Tage in der Woche von zu Hause aus zu arbeiten, hätte sie sich schon längst eine Wohnung im Umkreis ihres neuen Büros suchen müssen. Aber sie wollte keine Wohnung mieten. Sie wollte ein Haus, das ihr gehörte.

Bald würde sich ihr Dienstplan ändern. Dann würde ihre Anwesenheit im Büro an fünf oder sogar mehr Tagen in der Woche erforderlich sein. Deshalb musste sie jetzt umziehen, wenn sie das Heim, das sie zu kaufen plante, auch ein bisschen genießen wollte.

Claire parkte in der Auffahrt. Das gemietete kleine Haus, in dem sie momentan wohnte, war der erste Ort in ihrem Leben, der ihr das Gefühl gab, zu Hause zu sein. Sie würde es vermissen – und ihren netten Vermieter, Mr Abrams, ebenfalls.

»Es gibt noch viel zu tun, ehe du auch nur daran denken kannst, dich in das Projekt Hauskauf zu stürzen, also hör mit dem Wunschdenken auf und geh hinein ins Warme«, befahl sie sich selbst.

Sie nahm die Tasche mit ihrem Laptop und den anderen Arbeitsunterlagen vom Beifahrersitz, stieg aus ihrem SUV und schlug die Tür zu. Es war, obwohl erst kurz nach achtzehn Uhr, bereits dunkel. Schließlich war Winter in Tanner Hollow. Und laut Wettervorhersage sollte der November dieses Jahr besonders kalt werden.

»Ich glaube, die Wetterfrösche hatten diesmal recht«, murmelte sie und schauderte vor Kälte, als ein eisiger Windstoß seinen Weg unter den Kragen ihres dicken Mantels fand. Sie musste mit dieser dummen Angewohnheit aufhören, laut mit sich selbst zu sprechen. Irgendwann würde jemand einen falschen Eindruck bekommen und sie für verrückt erklären.

Claire eilte die Verandastufen hinauf. Auf der zweiten Stufe blieb sie unvermittelt stehen, dann sprang sie zurück auf den Boden vor der Treppe. Sie hatte auf der ersten Stufe einen schlammigen Fußabdruck entdeckt.

Seltsam, nirgends ein Paket. Es konnte also nicht der Paketbote gewesen sein. Dann sah sie den zweiten Abdruck auf der zweiten Stufe. Und noch einen rechts von der Tür.

Sie stieg die Treppe wieder hinauf und griff mit behandschuhter Hand nach dem Türknauf. Abgeschlossen. Gut, also war jemand die Stufen zu ihrem Haus hinaufgestiegen und wieder gegangen.

»Hi, Claire.«

Sie wirbelte herum. Neben ihrem Auto stand Levi Harrison, ihr Nachbar. Levi war Autist – und fasziniert von Verbrechen, was bedeutete, dass er fasziniert war von ihr. Sie fand daran nichts Unheimliches. Er hatte einfach ein echtes Interesse an ihrer Arbeit.

»Hi, Levi. Was machst du denn hier draußen?«

»Auf dich warten.« Er zog den Kopf ein. »Ich habe gewartet, dass du nach Hause kommst. Vielleicht kannst du mir ja noch ein paar Geschichten über die bösen und die guten Jungs erzählen. Und wie die Guten die Bösen ins Gefängnis werfen, weil die Bösen immer auf die eine oder andere Weise Spuren hinterlassen. Und über dein neues Mikroskop. Vielleicht kann ich es ja sogar mal ansehen?«

Sie musste wie immer lächeln über seine gestelzte Sprechweise. »Das neue Mikroskop steht in meinem Büro. Und ich kann dir heute Abend leider keine Geschichten erzählen, aber vielleicht morgen.«

»Nein, heute. Bitte. Und das alte Mikroskop genügt auch, das in deinem Arbeitszimmer hier zu Hause. Das ist auch toll.« Seine Augen richteten sich auf einen Punkt neben ihrem linken Ohr.

»Tut mir leid, Levi.« Sie konnte jetzt einfach nicht über ihre Arbeit reden. Nicht nach dem, was heute passiert war. »Aber wie wäre es, wenn du morgen um die Mittagszeit kämst? Dann mache ich Pause und erzähle dir eine Geschichte, zeige dir einen Objektträger unter dem Mikroskop und vielleicht habe ich sogar einen Dinosaurier für dich.« Auch von allem, was mit Dinosauriern zu tun hatte, war der Zwanzigjährige zutiefst fasziniert.

»Okay. Das ist spannend. Das kann ich machen. Danke.« Er wandte sich zum Gehen und dabei fiel ihr Blick auf seine Füße. Wanderstiefel. Ihr Herzschlag beruhigte sich. Wahrscheinlich war er die Stufen hinaufgegangen, um durch das Fenster zu schauen und nachzusehen, ob sie zu Hause war, obwohl ihr Auto noch nicht in der Einfahrt stand. Levi konnte sehr hartnäckig sein. Meistens kam sie gut damit zurecht, doch heute Abend hatte sie nicht die Kraft dafür und war dankbar, dass er ihr Nein akzeptiert hatte.

»Levi, hör auf, das Haus zu verlassen, ohne es mir zu sagen.«

Beim Klang der harschen Worte drehte sie sich um und entdeckte einen anderen Mann, der an dem schmiedeeisernen Zaun zwischen den beiden Grundstücken lehnte. Sein Blick wanderte zwischen ihr und Levi hin und her.

Bart Wells, Levis Cousin und Vormund. Sie mochte Levi, ja, sie konnte seine Gesellschaft sogar genießen. Die Unschuld ihrer Gespräche freute und erfrischte sie. Sein Cousin hingegen war ihr unheimlich. Sein Betragen war jedoch noch nie in irgendeiner Weise unangemessen gewesen, deshalb konnte sie keinen konkreten Grund dafür anführen, warum sie ihn abstoßend fand. Sie winkte ihm trotzdem zu.

Bart erwiderte die Geste, ohne zu lächeln. »Sie sollten ihn nicht noch ermutigen«, sagte er.

Claire zog eine Braue hoch. »Wie meinen Sie das?«

»Ihm Geschichten erzählen und ihm weismachen, er könnte jemals einen Job wie den Ihren machen. Er ist ein guter Bauarbeiter und unter meiner Anleitung hat er ein Auskommen.« Barts Transporter stand in der Einfahrt. Sie wusste, dass Levi ihm tagsüber half. »Aber wenn Sie ihm Flausen in den Kopf setzen, Sachen, die völlig außerhalb seiner Fähigkeiten liegen ...«

Er brach ab und ballte seine kräftige Hand zur Faust. »Lassen Sie das einfach sein. Es ist grausam, ihn so zu bestärken, also lassen Sie ihn in Ruhe.« Er nahm Levis Hand und führte ihn ins Haus.

Claire sah den beiden mit offenem Mund nach, dann seufzte sie. War es wirklich grausam?

»Nein, ist es überhaupt nicht«, murmelte sie zu sich selbst. Levi hatte großes Potenzial und erinnerte sich stets an jedes Detail, das sie ihm erzählte. Von einem solchen Gedächtnis konnte sie nur träumen. »Wahrscheinlich wird er uns alle überraschen und eines Tages mein Boss sein.« Sie lächelte bei dem Gedanken.

Claire zog ihren Mantel fester um sich, lief die Verandastufen hinauf und schloss die Haustür auf. Drinnen empfing sie eine wohlige Wärme, die ihre angespannten Nerven und kaum noch beherrschbaren Gefühle beruhigte.

Sich aus dem dicken Mantel zu schälen und ihn an die Garderobe neben der Tür zu hängen, kostete sie ihre letzte Kraft. Sie stolperte zum Sofa, warf sich bäuchlings darauf und versuchte, sich wieder zu fassen. Es war ein harter Tag gewesen, härter als die meisten. Die Bilder, die sich ihr am Tatort geboten hatten, hatten sich tief in ihr Gedächtnis eingegraben und überwanden immer wieder ihre sorgfältig errichteten Schutzwälle. Es gelang ihr nicht, sie zu verdrängen. Ein Vater hatte sein Kind ermordet, weil es den Behörden nicht gelungen war, es zu schützen. Bittere Galle stieg in ihr auf, als die Vergangenheit sie einholte.

Ein dumpfer Schlag hinten im Haus ließ sie erstarren – die Erinnerungen verflüchtigten sich. Plötzlich war sie wieder ganz im Hier und Jetzt. Mit dem Adrenalinstoß kehrte auch ihre Kraft zurück, und sie sprang auf.

Claire machte einen Schritt auf das Geräusch zu, blieb stehen, griff nach ihrem Handy und wählte den Notruf. Im Moment war es ihr egal, wenn sie wie eine Närrin dastand, weil es nur eine Maus war. Oder ... so etwas.

Der Dielenboden knarrte. Ihr Herzschlag beschleunigte sich. Eine Maus war es schon mal nicht.

»Notrufzentrale.«

»Claire Montgomery. Bei mir ist jemand im Haus«, sagte sie leise, während sie rückwärts auf die Haustür zuging. »Ich gehe hinaus, ich bin in ...«

Eine Gestalt in dunklem Kapuzenpullover und mit schwarzer Skimaske trat aus ihrem Schlafzimmer und stürzte auf sie zu. Der Aufprall auf dem Boden nahm ihr den Atem.

* * *

»Derek St. John. Nicht zu fassen, dass du tatsächlich da bist«, sagte Sheriff Nolan Tanner. Er saß in seinem

Streifenwagen. Derek hatte auf dem Beifahrersitz Platz genommen.

»Tja. Und das für ganze zwei Wochen.« Derek grinste ihn an und zuckte mit den Achseln. »Selbst schuld. Du hast mich eingeladen und ich brauche dringend eine Auszeit. Ich hoffe doch, dass die Einladung noch gilt!« Das Grinsen drohte zu erlöschen.

»Aber klar doch.« Nolan wählte seine nächsten Worte mit Bedacht: »Du hast mir gesagt, du und Elaine würdet euch trennen?«

Derek seufzte. »Mir war klar, dass etwas nicht stimmte, aber sie wollte nicht darüber reden. Schließlich habe ich sie einfach gefragt.«

»Was gefragt?«

»Ob sie glücklich ist. Sie hat Nein gesagt. Wir haben uns ausgesprochen und beschlossen, dass es das Beste ist, einen sauberen Schnitt zu machen. Und nicht zu heiraten.«

»Tut mir leid, Junge. Das muss wehtun.«

Das hatte es. »Es ist jetzt sieben Monate her. Letzte Woche hat sie mich angerufen und mir gesagt, dass sie mit dem besten Freund ihres Bruders verlobt ist.«

Nolan stieß einen leisen Pfiff aus. »Aua! Das tut noch mehr weh.«

»Ja, schon, aber überraschenderweise freue ich mich tatsächlich für sie.«

»Du bist ein besserer Mensch als ich.«

»Ich weiß nicht, ob das überhaupt möglich ist.«

Nolan lachte. »Und wie geht es deiner verrückten Familie?«

»Die ist noch immer verrückt, laut – und wunderbar. Sie haben mir unglaublich geholfen, obwohl ich sie nicht mal darum gebeten habe. Ehrlich – ich weiß nicht, was ich ohne sie täte.«

Das Funkgerät unterbrach ihr Gespräch. Nolan nahm den eingehenden Ruf an.

Derek schüttelte den Kopf über sich selbst. Er hatte zwar die Wahrheit gesagt, was seine Gefühle für Elaine betraf, doch das, was ihn wirklich bedrückte, hatte er nicht angesprochen. Er war jetzt sozusagen ein Außenseiter in seiner Familie. Seine fünf Geschwister hatten alle ihren Seelengefährten oder ihre Seelengefährtin gefunden und waren dabei, eine Familie zu gründen.

In den letzten Jahren hatte er zugesehen, wie eins seiner Geschwister nach dem anderen sich verliebt und geheiratet hatte, während seine Beziehung zu Elaine vor sich hin gedümpelt hatte. Es war einfach bequem gewesen. Er hätte gern geheiratet und wünschte sich eine Familie, doch er wollte nicht heiraten, nur um die Leere in seinem Leben auszufüllen.

Der Bruch hatte wehgetan, das stimmte, doch es war auch eine Befreiung gewesen. Er würde schon noch der richtigen Frau begegnen. In dem Moment tauchte vor seinem inneren Auge das Bild einer jungen Frau aus Tanner Hollow wieder auf, das ihn in den letzten

Monaten immer wieder verfolgt hatte. Doch sofort schüttelte er den Gedanken wieder ab. Jetzt würde er erst einmal zwei Wochen Urlaub in dem ruhigen Städtchen Tanner Hollow in North Carolina machen und sich so richtig entspannen und erholen.

Der Streifenwagen schoss los, Nolan stellte die Sirene an.

»Was ist denn los?«, fragte Derek. Sein Puls war sprungartig in die Höhe geschnellt.

»Irgendwer ist bei Claire Montgomery eingebrochen und greift sie an. Gut, dass du Polizist bist, du wirst mich nämlich begleiten. Hast du deine Waffe dabei?«

»Immer.«

»Betrachte dich als Tanner Hollows neuesten Hilfssheriff.«

Zwei

Der Eindringling hielt ihr linkes Handgelenk fest umklammert wie ein Schraubstock. Claire wusste nicht, wie lange sie noch durchhalten würde. Panik stieg in ihr auf. Sie wollte schreien, aber sie hatte keine Luft dafür.

Nach ihrem harten Aufprall auf dem Boden war ihr die Luft weggeblieben, doch sie hatte ausgeholt und den Angreifer mit der Kante ihres Handys an der Stirn getroffen. Er hatte gegrunzt und sie für einen Moment losgelassen.

Sie hatte nach Luft geschnappt, war aufgesprungen und zur Vordertür gelaufen. Gerade als sie den Riegel zurückgeschoben hatte, war er schon wieder hinter ihr gewesen und hatte sie abermals zu Boden gerissen. Jetzt saß er auf ihrem Bauch, fixierte mit der rechten Hand ihr Handgelenk am Boden und drückte ihr den linken Unterarm auf die Kehle, sodass ihr erneut die Luft wegblieb.

»Du bist tot, Claire«, sagte er. Seine dunklen Augen brannten Löcher in ihre. »Deine Zeit ist um.«

Claire tastete mit der rechten Hand über den Boden, auf der Suche nach etwas, das sie als Waffe verwenden konnte. Tränen liefen an ihren Schläfen entlang, vor ihren Augen tanzten dunkle Flecken.

Ihre Hand ertastete den Garderobenständer aus Holz und Schmiedeeisen. Mit dem letzten Rest Kraft zog sie daran. Das Möbelstück schwankte wie ein Baum in einer Windböe. In dem panischen Wissen, dass sie jede Sekunde das Bewusstsein verlieren konnte, riss sie erneut daran. Endlich stürzte die schwere Garderobe um, dem Mann, der auf ihr saß, auf den Rücken.

Er schrie auf, sein Arm glitt von ihrer Kehle. Der ersehnte Sauerstoff strömte in ihre Lungen. Ihr Angreifer schob die Garderobe von sich und rappelte sich auf, eine Hand an den Kopf gepresst. Fluchend und wüste Drohungen ausstoßend, stolperte er rückwärts.

Claire rang nach Luft, als jemand gegen die Tür hämmerte. »Polizei! Aufmachen! Claire, hier ist Nolan. Bist du in Ordnung?«

Nolan Tanner.

»Claire, antworte mir, sonst trete ich die Tür ein!«

Unfähig, ihrer schmerzenden Kehle einen Laut zu entringen, rappelte Claire sich auf die Knie und drehte den Türknauf, fiel jedoch sofort wieder auf die Seite. Jeder einzelne Muskel schrie vor Schmerz.

Die Tür schwang auf, Nolan trat ein und hinter

ihm – Derek St. John? Sie blinzelte und atmete hörbar ein.

»Claire!« Nolan kniete sich neben sie.

Sie rollte sich auf die Seite und deutete in die Richtung, in der der Angreifer verschwunden war. »Schnapp ihn«, flüsterte sie. »Schnell.« Ihre Kehle tat unbeschreiblich weh.

Nolan sprang auf. »Bleib bei ihr und ruf einen Rettungswagen.«

»Bin schon dabei«, sagte Derek und schilderte dem Notdienst die Lage. Anschließend setzte er sich neben Clair und strich ihr sanft das Haar aus dem schweißnassen Gesicht. »Halt durch, Claire. Es kommt gleich jemand.«

Tränen liefen ihr übers Gesicht. Sie biss sich auf die Lippen, um nicht zu schluchzen. Sie würde jetzt nicht zusammenbrechen. Außerdem konnte sie gar nicht weinen, ihr Hals tat viel zu sehr weh. Sie war in Sicherheit. Alles war gut. Er war fort. Sie lebte. Unablässig gingen ihr die Sätze durch den Kopf und so drangen Dereks Worte erst langsam in ihr Bewusstsein.

»… und jetzt ist alles in Ordnung.« Er schwieg, dann sagte er: »Claire?«

»Was?«, krächzte sie.

Er half ihr, sich aufzusetzen, und zog sie sachte an sich, sodass sie den Kopf gegen seine Brust legen konnte. »Besser so?«

Sie nickte erschöpft. Jetzt, da sie wieder atmen konnte, kehrte langsam ihre Kraft zurück. Als sie Schritte hinter sich hörte, riss sie den Kopf hoch, doch Derek umfasste sie fester. »Es ist nur Nolan.«

Sie ließ sich wieder gegen ihn sinken.

»Tut mir leid, Claire.« Nolans tiefe Stimme klang angespannt. »Er ist entkommen.«

»Kannst du stehen?«, fragte Derek.

»Ich werde es versuchen.«

Derek richtete sie auf. »Lass dir Zeit.«

»Ich gehe besser hinaus«, krächzte sie. »Mein Haus ist ja ein Tatort.«

»Natürlich.« Derek stützte sie.

Eine innere Gewohnheit drängte sie, ihn abzuweisen. Claire war immer stolz darauf gewesen, dass sie alles allein schaffte. Doch nun konnte sie sich nicht dazu überwinden, die Hilfe abzulehnen. Sie hatte Derek zwar versichert, dass sie stehen konnte, aber ob sie auch gehen konnte, war sie sich nicht sicher. Mit Dereks Unterstützung schaffte sie es zum Rettungswagen, der inzwischen vor der Tür wartete.

»Ms Montgomery?«, empfing sie der ältere Mann im Rettungswagen. »Ich bin Dr. Grant Williams. Lassen Sie sich mal ansehen.«

Claire setzte sich auf die Krankenliege. Er untersuchte ihre Kehle. »Er hat ihnen die Luft abgedrückt, nicht wahr?«

»Mit seinem Unterarm«, bestätigte sie. Ihre Stimme klang wie ein Reibeisen.

»Kein schönes Gefühl.«

Sie schnaubte zustimmend. Er ging zu ihren Augen über. »Keine Anzeichen für eine subkonjunktivale Blutung.« Nach einer eingehenden Untersuchung und zig Fragen, die Claire ihm beantworten musste, seufzte er. »Es ist nichts gebrochen oder gequetscht, aber Sie haben einige Blutergüsse. Ich empfehle Ihnen, die Stellen während der nächsten vierundzwanzig Stunden zu kühlen. Und reden sie so wenig wie möglich.«

»Was ist mit Flüstern?«, flüsterte sie.

»Wenn es sein muss, aber aufschreiben wäre besser.«

Claire stöhnte.

»Wer war der Typ, Claire?«, fragte Derek. »Kanntest du ihn?«

Derek. Sie hatte ganz vergessen, dass er noch da war. Sie sah ihn an und schüttelte den Kopf. »Ich habe ihn noch nie gesehen.«

»Sprechen Sie lieber nicht«, mahnte der Arzt und legte ihr eine Sauerstoffmaske über das Gesicht. »Die behalten Sie erst mal noch eine Weile.« Dann wandte er sich kurz ab und als er sich wieder umdrehte, hatte er einen Block und einen Stift in der Hand, die er ihr reichte. »Das muss genügen, bis Sie Ihr Handy wiederhaben. Heutzutage schreibt man sich ja sowieso eher, als sich anzurufen.«

Sie musste unter ihrer Maske lachen, dann schrieb sie: »Ich hasse schreiben.«

Er las es und schüttelte den Kopf. »Wenn Sie meinen. Damit stehen Sie aber ziemlich allein da.«

Dr. Williams nickte Derek zu, Claire blickte zur Decke des Rettungswagens. Plötzlich holte die Realität sie mit erdrückender Schwere ein. Jemand hatte versucht, sie umzubringen, und wenn Nolan und Derek nicht so schnell gekommen wären, wäre es ihm gelungen.

Das Problem war, dass Sie keine Ahnung hatte, wer sie überfallen hatte – und warum.

* * *

Der Arzt hatte gemeint, sie solle die Nacht lieber zur Beobachtung in der Klinik verbringen. Claire hatte anfangs protestiert, dann aber nachgegeben.

Derek hatte wissen wollen, ob er jemandem Bescheid geben sollte, doch sie hatte den Kopf geschüttelt und geschrieben: »Nein, ich habe keine Familie.«

Diese fünf Wörter waren wie ein Schlag in seinen Magen gewesen, härter als von der härtesten Faust. Nun saß Derek neben dem Krankenhausbett, den Blick fest auf Claire gerichtet. Er war seit gestern Abend bei ihr, auch wenn sie das gar nicht mehr mitbekommen hatte, weil sie sofort eingeschlafen war und die ganze Nacht wie ein Stein geschlafen hatte. Wie konnte er sie allein lassen?

Müde legte er den Kopf in seine Hände. Dann rieb er sich die Augen. Ein Klopfen an der Tür ließ ihn sofort wieder aufblicken.

»Hi«, begrüßte er Nolans Frau Kallie und sprang auf die Füße. Er hatte nicht gewusst, dass Kallie und Claire Freundinnen waren, aber es war naheliegend. Claire arbeitete an den Tatorten in Tanner Hollow natürlich eng mit Nolan zusammen, da konnte man sich leicht vorstellen, dass sie und Kallie Freundinnen geworden waren.

»Was machst du hier? Nolan hat gesagt, sie sei ganz allein«, flüsterte Kallie.

Bevor er antworten konnte, erklang vom Bett her Claires Reibeisenstimme: »Hallo? Was ist hier los?«

Derek und Kallie traten zu ihr und Claire sah von einem zum anderen.

»Du hast mich gerettet«, stellte sie an Derek gewandt fest.

»Nolan und ich sind im richtigen Augenblick gekommen«, antwortete er.

»Danke«, brachte sie heraus. Ihr Blick glitt zu Kallie hinüber. »Schöne Blumen, danke, Kallie.«

Kallie legte sie auf den Tisch neben dem Waschbecken. »Ich dachte, dass sie dir vielleicht gefallen. Wie fühlst du dich?«

»Merkwürdig. Müde.«

»Sie haben dir was gegeben«, sagte Derek. »Du hast ein Weilchen geschlafen.«

»Ich finde es immer noch unnötig, dass ich über Nacht bleiben sollte«, sagte sie und räusperte sich vorsichtig. »Wann kann ich gehen?«

»Wenn der Arzt es erlaubt«, sagte Kallie.

Derek nickte zustimmend.

Claire sah ihn stirnrunzelnd an. »Was machst du eigentlich in Tanner Hollow? Ist das große Columbia in South Carolina dir langweilig geworden?« Sie hustete.

Er lachte, auch wenn er beim Gedanken an den Grund seiner Anwesenheit hier innerlich das Gesicht verzog. »Ich habe einfach einen Tapetenwechsel gebraucht«, sagte er und hielt es für das Beste, möglichst unverbindlich zu bleiben.

»Hm.« Sie kniff die Augen zusammen. »Warum habe ich das Gefühl, dass mehr dahintersteckt?«

Er räusperte sich. »Dein Gefühl ist richtig, aber das erzähle ich dir ein andermal.« Konnte sie ihn wirklich so leicht durchschauen?

Vor ungefähr einem Jahr hatten sie fast eine ganze Nacht mit Reden in einem Waffelrestaurant verbracht. Claire war damals zu einer einwöchigen Konferenz über die Sicherung von Tatorten nach Columbia gekommen. Er hatte ihr eine Frage gestellt und sie hatte vorgeschlagen, zusammen zu essen, was damals jedoch lediglich der Tatsache geschuldet gewesen war, dass sie einen Riesenhunger gehabt hatte. »Ich bin am Verhungern«, hatte sie gesagt, »und die Antwort auf diese Frage wird länger als fünf Minuten in Anspruch nehmen.«

Derek blinzelte sich in die Gegenwart zurück. Sie wiederzusehen, hatte Erinnerungen in ihm geweckt, die er damals hatte begraben müssen.

»Wo ist deine Familie, Claire?«, fragte Kallie sanft. »Nolan hat gesagt, du hättest keine, aber das stimmt doch nicht, oder?«

Claires Augen waren plötzlich ebenso ausdruckslos wie ihr Gesicht. »Sie sind alle nicht mehr da. Jedenfalls die meisten. Mit den anderen rede ich nicht.«

»Oh.« Kallie seufzte. »Tut mir leid. Es ist wohl nicht der beste Zeitpunkt, das Thema anzusprechen.« Sie schwieg kurz, dann fuhr sie fort: »Wir kennen uns ja schon etliche Jahre. Nicht zu fassen, dass ich dich nie danach gefragt habe.«

»Du hast gefragt«, sagte Claire. »Ich habe es nur geschickt vermieden, dir zu antworten.«

»Ach ja?«

Claires Lippen teilten sich, ein leises Lächeln vertrieb die peinliche Stimmung, die ihre Antwort heraufbeschworen hatte. »Ich sagte doch: geschickt. Du konntest es nicht bemerken.«

»Betrachte dich als in unsere Familie adoptiert«, meinte Kallie freundlich. Dann blickte sie auf ihre Uhr. »Ich muss leider schon wieder los.« Sie umarmte

Claire behutsam und ging zur Tür. »Meine und Nolans Telefonnummer hast du ja. Ruf an, wenn du was brauchst, okay?«

»Danke.«

Derek hatte den Eindruck, dass Claire Tränen zurückhielt. »Kallie und Nolan sind echte Goldstücke«, sagte er sanft.

»Ich weiß.«

Er setzte sich wieder auf den Stuhl neben ihr. »Ich habe diesen Abend vor einem Jahr nie vergessen«, sagte er. Sie hatten nur geredet, doch das hatte ihn auf eine Weise berührt, die er sich noch immer nicht erklären konnte. »Genau genommen kann ich die ganze Woche nicht vergessen.« Innerlich schimpfte er mit sich. Wieso musste er das jetzt ansprechen?

»Bist du noch mit Elaine zusammen?«, fragte sie prompt. »Du trägst keinen Ring, aber das muss ja nichts bedeuten.«

»Wir haben uns vor sieben Monaten getrennt«, erklärte er.

»Dann ist sie also der Grund für den Tapetenwechsel?«

Er lächelte, dann zuckte er die Achseln. »Zum Teil, ja, aber vor allem ...«

»Vor allem was?«

»Vor allem, glaube ich, wollte ich dich wiedersehen.«

Drei

Sie wiedersehen? Claire lehnte sich zurück und zupfte ein paar imaginäre Fussel von ihrer Bettdecke herunter. »Warum?«

Er fuhr sich mit der Hand übers Kinn, als müsste er nachdenken. Schließlich sagte er: »Ich habe noch zu keinem Menschen bisher eine solche Nähe empfunden, nicht einmal zu Elaine und ...« Er zuckte die Achseln. »Ich weiß nicht, wie ich es beschreiben soll. Ich wusste nur, dass ich sie nicht heiraten wollte.« Er schüttelte den Kopf. »Natürlich habe ich das nicht einmal vor mir selbst zugegeben. Ich dachte, es seien die Nerven oder so was. Und dann wurde mir klar ... nun, sagen wir so: Ich habe mich eine Weile ganz schön schuldig gefühlt.«

»Das tut mir leid«, flüsterte sie. Und nach einer kurzen Pause fuhr sie fort: »Moment mal. Also sind die paar Stunden, die wir zusammen verbracht haben, der Grund, dass du deine Verlobung gelöst hast?« Die letzten Worte kamen als ein Quieken heraus. Sie legte die Hand an ihre Kehle.

»Nein. Bei Elaine und mir war es von Anfang an ein Auf und Ab. Doch diesmal ...« Er seufzte. »Kurz, wir haben uns ausgesprochen, ein bisschen geweint und waren uns dann einig, dass es uns beiden besser gehen wird, wenn wir einfach nur Freunde sind.«

»Ich verstehe.« Konnte sie ihm sagen, wie oft sie selbst an diesen Abend gedacht hatte? Dass es ihr beinahe das Herz gebrochen hatte, als sie erfahren hatte, dass er mit einer anderen Frau verlobt war? Dass sie, als sie das Restaurant verlassen hatte, ins Hotel gegangen war und geweint hatte? Ihre Reaktion auf ihn hatte sie völlig umgehauen – und restlos verwirrt, weil sie überhaupt nicht typisch für sie war. Und jetzt saß er hier und erzählte ihr, dass es ihm genauso gegangen war. Damit hätte sie nie gerechnet.

»Du verstehst?«, fragte er. »Ist das alles?«

Er hatte so viel von sich preisgegeben und wurde nun unsicher, ob er einen Fehler gemacht hatte.

»Ich habe diese Verbindung ebenfalls gespürt, Derek«, beruhigte sie ihn, »aber du musst verstehen, ich bin ... ich bin nicht ... ich kann nicht ...«

»Ist doch in Ordnung, wenn du nicht genauso empfindest. Ich komme damit schon zurecht. Ich will nur Bescheid wissen.«

Sie sah ihn fest an. »Ich habe doch gesagt, dass ich das Gleiche empfunden habe. Das ist es nicht ...« Claire legte die Hände über die Augen und sammelte ihre Gedanken. Dann ließ sie die Hände wieder sinken. »Du bist also nach Tanner Hollow gekommen, um mich zu treffen?«

Er zögerte. »Ich habe das nicht bewusst so beschlossen, aber ja, mit dir zu reden, war wahrscheinlich einer der unbewussten Hauptgründe.« Er grinste sie schief an. »Aber sag das Nolan nicht. Es würde ihn kränken.«

Sie lachte auf, zuckte jedoch gleich darauf vor Schmerz zusammen. »Bring mich nicht zum Lachen.«

Er sah sie unverwandt an. »Bist du ganz sicher, dass du dasselbe empfindest, was ich beschrieben habe?«

»Ich ... ich weiß es nicht. Ja, ich war wirklich enttäuscht, als du sagtest, dass du verlobt seist, aber ich bin darüber weggekommen. Mehr oder weniger.« Sie biss sich auf die Lippen. »Tut mir leid, das war wohl ein bisschen sehr offen, oder?«

»Na ja, ich wollte ja eine ehrliche Antwort. Und immerhin hast du noch ›mehr oder weniger‹ angehängt.«

Sie wusste, dass sie ihm auswich, doch das Thema wühlte sie zutiefst auf. Sie seufzte. »Na gut: Es ging mir wie dir. Ich gebe es zu. Aber wir können doch nicht aufgrund eines einmaligen Gesprächs an einem einzigen Abend eine Entscheidung über eine Beziehung treffen.«

»Es war nicht nur ein einziger Abend. Wir haben die ganze Woche zusammen in diesem Kurs gesessen. Wir haben ziemlich viel Zeit miteinander verbracht und …« Er machte eine resignierte Handbewegung. »Du hast natürlich recht. Aber …« Er seufzte. »Außerdem bitte ich dich ja nicht darum, dich für eine Beziehung mit mir zu entscheiden. Jedenfalls nicht jetzt gleich. Ich möchte doch nur wissen, ob wir ein bisschen Zeit miteinander verbringen können. Ob du einverstanden bist, dass wir uns ein bisschen näher kennenlernen und herausfinden, ob dieser Abend damals ein Zufall war – oder nicht.«

»Oh.«

»Also – willst du mit mir ausgehen?« Er nahm ihre Hand. »Ich meine, sobald du dich erholt hast und du dich danach fühlst?« Er schwieg einen Moment, dann fuhr er fort: »Falls du Lust dazu hast. Andererseits hast du natürlich die perfekte Entschuldigung, höflich abzulehnen, indem du einfach sagst, dir ist nicht nach Ausgehen zumute.«

Sie runzelte die Stirn. »Was?«

Er lachte und zwickte sich in die Nase, während er die Augen schloss. »Ich bin nicht gut in so was, oder?«

»Nein«, lachte sie. »Nicht besonders. Es kommt nur alles etwas unerwartet«, fügte sie beschwichtigend hinzu.

»Und es ist etwas verrückt.«

»Nein, eigentlich nicht.« Sie seufzte. »Jetzt mache ich die Verwirrung perfekt. Es geht darum … Es liegt nicht an dir, es liegt an mir.«

»Was liegt an dir und nicht an mir?«

»Ich schleppe zu viel Gepäck aus der Vergangenheit mit mir herum«, platzte sie heraus. Wieder zupfte sie an ihrer Bettdecke herum, dann faltete sie die Hände, um sie stillzuhalten.

»Zum Beispiel?«

Sie seufzte. »Zum Beispiel ... eine ganze Menge. Aber da du so ehrlich warst, sollte ich es wohl auch sein.«

»Ehrlich in Bezug worauf?«

»In Bezug darauf, dass ich noch nie eine ernsthafte Beziehung eingegangen bin.« Sie räusperte sich. »Ich ... normalerweise schrecke ich die Männer, die an mir interessiert sind, durch meine Arbeit ab oder ...«

»Oder?«, fragte er, als sie nicht weitersprach.

»Oder ich meide die, die wirklich interessiert an mir sein könnten.« Sie schloss die Augen und betete, dass ihm nicht auffiel, wie sie rot wurde, aber es würde ihm wohl kaum entgehen.

»Warum?«

Sie warf ihm einen scheuen Blick zu. In seinem Gesicht stand keinerlei Missbilligung oder Verurteilung. Sie zuckte die Achseln. »Ich weiß es nicht genau ... aber ich habe eine Theorie.«

»Erklärst du sie mir?«

Ein Klopfen an der Tür rettete sie davor, ihre finstersten Geheimnisse enthüllen zu müssen. Geheimnisse, die er mit ein wenig Recherche sowieso bald herausfinden würde. Doch sie bezweifelte, dass er recherchieren würde.

Dr. Haddad trat ins Zimmer, ein Lächeln auf ihrem hübschen Gesicht. »Wie schön, Sie wach und in offenbar viel besserer Verfassung zu sehen!«

Claire nickte. »Meine Kehle tut noch weh, aber das war wohl zu erwarten«, krächzte sie.

»Ja, das kann noch etwas dauern. Haben Sie Probleme beim Atmen?«

»Nein.«

»Dann hatten Sie Glück. Das war unsere Hauptsorge und der Grund, warum wir Sie über Nacht hierbehalten wollten.«

Sie nickte.

»Okay. Dann unterschreibe ich jetzt Ihre Entlassungspapiere.« Dr. Haddad ging zur Tür, blieb jedoch noch einmal stehen, drehte sich um und sah sie mitfühlend an. »Ich bin froh, dass es gut ausgegangen ist. Hoffentlich kriegen sie den Kerl rasch.«

»Danke. Das hoffe ich auch.«

»Ach ja – draußen warten noch ein paar Besucher auf Sie. Sie sagen, sie seien Ihre Kollegen. Wenn Sie einverstanden sind, schicke ich sie zu Ihnen rein.«

»Oh.« Sie blinzelte. »Klar.«

Dr. Haddad ging und gleich darauf wurde die Türe wieder geöffnet. Die zierliche, dunkelhaarige, äußerst gepflegte Dame, die ins Zimmer trat, war Mitte vierzig. Die einzige Falte in ihrem Gesicht war die zwischen ihren Brauen. Als sie sah, dass Claire bei Bewusstsein war, eilte sie zu ihr. Tara Scholtz nahm Claires Hand und ihre grünen Augen blickten sie bekümmert an. »Geht es dir gut?«

Beim Anblick von Claires malträtierter Kehle stöhnte sie kurz und ihre Finger fuhren bestürzt zu ihren Lippen. »Wer macht so etwas?«

Claire war gerührt über das Mitgefühl, doch sie schluckte die aufsteigende Gefühlswallung hinunter. »Ich weiß es nicht, Tara, aber danke, dass du gekommen bist.«

Der etwa sechzigjährige Mann, der noch in der Tür stand, winkte ihr zu. »Hi, Claire.«

»Franklin? Du bist auch da?«

»Natürlich.« Er runzelte die Stirn, als sei er verletzt, dass der Besuch sie überraschte. »Wir sind doch Freunde, oder?«

Waren sie das? Anscheinend glaubte er es und sie war noch gerührter. »Vielen Dank. Es ist lieb von euch beiden, mich zu besuchen.«

Die Anspannung um seine Augen ließ ein wenig nach.

»Brandon hat uns erzählt, was passiert ist«, sagte Tara. »Die letzten Stunden haben wir in deinem Haus verbracht.«

Brandon Jennings, ihr Chef. »Habt ihr etwas gefunden?«

»Nichts wirklich Erwähnenswertes.«

»Wir müssen uns alles erst noch genauer ansehen«, sagte Franklin.

»Natürlich.«

»Und wer ist das?«, fragte Tara neugierig und blickte auf Derek, der unschlüssig dabeistand.

Claire machte die Anwesenden schnell miteinander bekannt. Die nächsten zehn Minuten verbrachten sie mit Small Talk, bis Claires Kehle ernsthaft protestierte.

Derek sah sie an. »Darf ich dich nach Hause fahren?«

»Ob du darfst? Ich wäre dir ewig dankbar.«

Claire freute sich, nach Hause zu kommen. Gleichzeitig war ihr etwas mulmig zumute. Wer auch immer ihr etwas antun wollte, war noch nicht gefasst. Das hieß auch: Er könnte jederzeit wiederkommen.

* * *

Derek ging hinter Claire in ihr Haus und schloss die Tür hinter sich. Die Beweise für den Überfall und für die anschließende Arbeit der Spurensicherung ließen ihn abrupt stehen bleiben. »Soll ich dich nicht lieber zu Freunden oder in ein Hotel bringen?«

»Nein, danke.«

»Das war etwas Persönliches, Claire. Ich habe zugehört, als du Nolan gegenüber deine Aussage gemacht hast. Der Täter hat deinen Namen gebraucht.«

»Ja.« Sie schauderte.

»Es war also kein zufälliger Überfall. Ich finde es gar nicht gut, wenn du allein hier bleibst.«

»Ich war mein ganzes Leben lang allein. Ich komme schon zurecht.« Sie ließ den Schlüssel auf ein kleines Tischchen gleich hinter der Tür fallen, dann zog sie ihren schweren Mantel aus.

Derek blinzelte. Der Satz traf ihn wie ein Schlag in den Magen. In einem Boxring wäre er jetzt zu Boden gegangen und ausgezählt worden. Noch verstörender war, dass sie es nicht gesagt hatte, um Mitleid zu erregen oder um Zuwendung zu buhlen. Es war ganz einfach eine Tatsache für sie. Sie hatte ja keine Ahnung, wie traurig ihn das machte.

»Claire, jeder Mensch hat irgendjemanden. Wer ist dein Jemand?«

Sie verzog das Gesicht. »Mein Jemand?«

»Okay, so würde es meine Schwester sagen. Wie wäre es mit: ›Wer ist deine beste Freundin?‹«

Claire zuckte die Achseln. »Meine Arbeit, glaube ich.« Sie rieb sich die Augen. »Klingt ziemlich erbärmlich, nicht?«

»Äh ... nein, es ist nur ...«

Sie verdrehte die Augen. »Erbärmlich.«

»So hätte ich es nicht formuliert.«

»Es ist leider einfach so ...«

Ein Klopfen an der Tür ließ ihn herumfahren. Reflexartig legte er die Hand an seine Waffe, doch dann fiel ihm ein, dass der Angreifer sich bestimmt nicht ankündigen würde, wenn er zurückgekehrt wäre.

Es klopfte erneut, ein wenig lauter. »Claire? Hi, Claire. Ich bin's. Bist du zu Hause?« Wieder klopfte es.

»Das ist Levi«, sagte sie. »Mein Nachbar. Er ist ein großes Kind. Ein Autist. Er weiß, dass ich da bin, wir sollten ihn also hereinlassen und mit ihm reden.« Sie ging zu ihrem Schreibtisch in der Zimmerecke und zog die oberste Schublade auf. Als sie sich wieder umdrehte, hatte sie eine Plastikspielzeugfigur in der Hand. »Er ist verrückt nach Dinosauriern, deshalb besorge ich ihm hin und wieder einen.«

Derek spähte durch das Fenster neben dem Eingang. »Ein junger Mann, Anfang zwanzig, struppiges rotbraunes Haar?«

»Das ist Levi.«

Er öffnete die Tür. Levi starrte ihn an.

»Hi«, begrüßte Derek den jungen Mann.

Levi trat unbehaglich von einem Fuß auf den anderen. »Claire ist da. Ich möchte bitte Claire sehen.«

»Ja, sie ist hier.«

»Hi, Levi«, sagte Claire von hinten. »Komm doch rein und setz dich.«

Levi kam herein. Sein Blick blieb an den Blutergüssen an ihrem Hals hängen. »Du bist verletzt worden. Hat der Mann dich verletzt?«

Derek horchte auf. »Hast du den Mann gesehen, der bei Claire eingebrochen ist?«

Levi runzelte die Stirn. »Das ist Claires Haus. Er hätte nicht hereinkommen dürfen, aber er ist weggelaufen.«

»Levi, hast du ihn gesehen?«, fragte Claire alarmiert.

»Ja. Er ist aus dem Fenster gesprungen und zum Auto gelaufen.«

»Welches Auto?«, fragte Derek.

»PKL2429. Ein silberner 2014er oder 2015er Toyota. Das rechte Rücklicht ist kaputt und in der Beifahrertür ist eine Delle. Michelinreifen, aber sie sind gefährlich. Sie sind völlig abgefahren. Er müsste wissen, dass er damit nicht mehr fahren darf. Er könnte einen Unfall haben, vor allem, wenn es regnet. Und morgen soll es regnen.«

Derek klappte beinahe die Kinnlade herunter.

»Gut gemacht, Levi«, sagte Claire, wieder einmal aufs Neue erstaunt über sein brillantes Gedächtnis. »Sehr gut gemacht.« Sie drückte ihm den Dinosaurier in die Hand.

Levis Gesicht strahlte auf. Dann umarmte er sie. Derek zuckte zusammen, als er sah, wie Claire dabei das Gesicht verzog. Ihr tat sicher noch alles weh von dem Überfall.

Als Levi sie losließ und hinauslief, telefonierte Derek bereits mit Nolan und gab seinem Freund die soeben erhaltenen Informationen weiter. Dann legte er auf und sah Claire mit hochgezogenen Brauen an.

»Ich wusste nicht, dass Autisten andere Menschen so innig umarmen können.«

Sie wollte mit den Achseln zucken, unterließ es jedoch. Stattdessen ließ sie sich auf die Couch sinken. »Man kann sie nicht über einen Kamm scheren. Manche umarmen ihre Mitmenschen, andere nicht.«

»Dann muss ich bis jetzt nur ›Nichtumarmer‹ kennengelernt haben.« Er fuhr sich übers Haar. »Nolan kümmert sich um das Kennzeichen. Er ruft an, sobald er etwas weiß.« In dem Moment klingelte sein Telefon. Als er die Nummer auf dem Display sah, sagte er: »Anscheinend weiß er schon was.«

Vier

Derek hörte Nolan zu und machte sich Notizen, Claire nahm erst einmal drei Ibuprofen. Sie hatte auch stärkere Schmerzmittel, die sie ihr im Krankenhaus mitgegeben hatten, doch die wollte sie nicht nehmen.

»Du bist tot, Claire. Deine Zeit ist um.«

Sie kämpfte gegen den Anfall von Übelkeit, den die Erinnerung verursachte, und legte eine Hand an ihren Kopf, als könnte sie die Worte auf diese Weise aus dem Gedächtnis verbannen. Es funktionierte nicht.

»Claire?«

Eine Hand legte sich sanft auf ihre Schulter. Derek drehte sie um, sodass er ihr ins Gesicht sehen konnte. Er hielt sich noch immer das Handy ans Ohr. »Kennst du einen Burschen namens Brad Stevenson?«, fragte er.

Sie durchforstete ihr Gedächtnis nach dem Namen, doch sie konnte nichts finden. »Nein.«

»Auf ihn ist das Auto zugelassen. Nolan überprüft ihn gerade. Er wollte wissen, ob du den Namen kennst.« Er konzentrierte sich wieder auf das Gespräch und nickte. »Okay, danke. Ich bleibe erst mal bei Claire. Ruf mich an, wenn du was Neues weißt.« Er steckte das Handy ein, blieb aber dicht vor ihr stehen.

Sie blinzelte einen Moment zu ihm auf, dann legte sie die Stirn an seine Brust. »Brad Stevenson«, flüsterte sie. »Ich sollte ihn wohl kennen, denn anscheinend kennt er mich.«

Seine Hand legte sich sanft an ihren Hinterkopf und sie gestattete sich, einen Moment lang einfach nur die tröstende Berührung zu genießen. Diesen Bruchteil einer Sekunde, in dem sie sich sicher fühlte. Umsorgt.

»Mein Vater hat meine Mutter umgebracht«, flüsterte sie. Seine Hand erstarrte. »Ich glaube, deshalb habe ich keine Beziehungen.«

Er rührte sich noch immer nicht. Seine Erstarrung machte ihr Angst. Sie wollte sich ihm entziehen, doch er hielt sie fest und zog sie näher an sich. »Erzähl es mir«, sagte er leise in ihr Haar.

»Ich war zehn«, sagte sie leise. »Er war gewalttätig, so lange ich denken konnte. Meine Mutter hat schließlich gedroht, ihn zu verlassen. Sie haben sich gestritten und er hat sie wüst beschimpft. Dann ging er auf mich los. Sie und ich waren in der Küche, wir haben das Abendessen zubereitet. Plötzlich verlor sie die Beherrschung und warf eine Dose Erbsen nach ihm. Sie traf ihn am Kopf. Er hatte eine Platzwunde. Ich sah, wie das Blut herausfloss und über seine Wange und sein Kinn lief.«

Dereks Griff wurde fester. Nicht so, dass es wehtat, nur so fest, dass sie sich sicher fühlte und weitersprechen konnte.

»Er stand einfach nur da und starrte sie an. Dann drehte er sich, ohne ein einziges Wort, auf dem Absatz um, ging ins Schlafzimmer und holte sein Gewehr. Als er zurückkam, hatte meine Mutter sich nicht vom Fleck gerührt. Ich saß weinend auf dem Boden. Er hob die Waffe und schoss sie in die Brust.«

»Claire«, stammelte er, »das ist furchtbar. Es tut mir so leid.«

»Alles, was danach kam, ist wie in einem Nebel. Er richtete die Waffe auf mich und sagte, wenn ich meinen Mund aufmachte, würde er mich ebenfalls umbringen. Die Nachbarn riefen die Polizei, das Jugendamt wurde eingeschaltet, sie brachten mich in eine Notbetreuung. Sie versuchten, mich zu befragen, aber ich habe nichts gesagt. Ich konnte nicht. Ich wollte ihnen erzählen, was passiert war, aber ich konnte kein Wort herausbringen. Ehrlich gesagt, hatte ich noch nicht einmal solche Angst, dass er mich umbringen würde. Oder doch, ich hatte schon Angst, aber irgendwie auch wieder nicht. Ich kann nicht erklären, was ich empfand. Ich war ...«

»Traumatisiert.«

»Ja, heute weiß ich das, aber ...« Sie wischte sich energisch eine Träne fort. »Mein Vater sagte ihnen, meine Mutter hätte ihn angegriffen. Dass sie auf ihn losgegangen sei und dass es Notwehr war und er mich schützen wollte.« Claire räusperte sich. »Sie war mehrfach wegen psychischer Probleme in Behandlung. Das hat sein Anwalt sich zunutze gemacht. Er ist davongekommen.« Sie atmete gewaltsam aus. »Er hat meine Mutter umgebracht und ist als freier Mann aus dem Gerichtssaal gegangen. Und …«

»Und was?«

»Ich musste bei ihm bleiben.«

Dereks Herz klopfte laut und heftig gegen ihr Ohr. »Mir fehlen die Worte«, sagte er. »Ich habe zwar schon manche Ungeheuerlichkeiten gesehen, aber ich … mir fehlen einfach die Worte.«

»Schon gut. Mein Vater war ein großartiger Schauspieler.«

»Ein Psychopath.«

»Ja, absolut. Wir sind von Stadt zu Stadt gezogen, von Arbeitsstelle zu Arbeitsstelle, mehrere Jahre lang. Wir waren nie lange an einem Ort, weil es immer irgendjemanden gab, der ihn schließlich durchschaut hat.« Sie schluckte. Jetzt hatte sie ihm so viel erzählt, nun konnte sie auch den Rest sagen. »Einer der Gründe, warum ich Beziehungen aus dem Weg gehe, ist – glaube ich jedenfalls – meine Angst, dass etwas von ihm auch in mir steckt.«

Derek schob sie von sich weg. Zuerst dachte sie, er sei geschockt und abgestoßen von ihrem Bekenntnis. Sie schloss die Augen, weil sie den Abscheu, der sich, wie sie dachte, auf seinem Gesicht spiegeln musste, nicht sehen wollte. Doch er ließ sie nicht los.

»Claire, sieh mich an.«

Sie konnte nicht.

Er schüttelte sie leicht. »Claire, bitte, sieh mich an.«

Sie öffnete die Augen. Und hielt den Atem an. Reines Mitgefühl blickte ihr entgegen. Kein Ekel oder Entsetzen oder irgendetwas anderes, bei dessen Anblick sie sich losgerissen hätte und weggelaufen wäre.

»Du bist nicht schuld, dass er davongekommen ist«, sagte er nachdrücklich, während er ihren Blick fixierte, »und ich kann dir mit absoluter Gewissheit sagen, dass du nichts, aber auch gar nichts von ihm in dir hast.«

»Du kennst ihn doch gar nicht. Du kennst ja noch nicht mal mich wirklich.«

»Das brauche ich auch nicht. Ich habe mit Psychopathen gearbeitet. Ich habe welche festgenommen und ...«

Diesmal war es an ihr, ihn zu ermutigen fortzufahren. »Und?«

»Und ich habe sogar ein paar getötet – als Beamter des Sondereinsatzkommandos.«

Irgendwie wusste Claire, dass er ihr den Namen jedes Einzelnen dieser Menschen nennen konnte. Denn ein Leben zu nehmen – und sei es, um ein anderes zu retten – fiel ihm mit Sicherheit nicht leicht.

»Du warst ein Kind«, fuhr er fort. »Du hast etwas Schreckliches, ganz Entsetzliches erlebt, das kein Kind – und übrigens auch kein Erwachsener – durchmachen sollte. Du bist eine Überlebende, keine Psychopathin. Und ich kenne dich eben doch«, flüsterte er dann. »Mein Herz kennt dich.«

Tränen, die sie nicht aufsteigen gespürt hatte, lösten sich von ihren Lidern und rannen über ihre Wangen. Derek zog sie wieder an sich und hielt sie einfach fest. Es war genau das, was sie brauchte.

In dem Moment barst das Fenster neben dem Kamin in tausend kleine Scherben.

* * *

Derek riss sie mit sich zu Boden, rollte sich herum, packte die Granate und schleuderte sie aus dem Fenster. Eine Millisekunde später ließ eine Explosion das Haus erzittern. Derek schützte Claire mit seinem Körper, doch die rührte sich nicht. Sie schrie auch nicht. Sie tat überhaupt nichts. Das nackte Entsetzen stand ihr ins Gesicht geschrieben, als sie ihn mit aufgerissenen Augen ansah. Aus einem Schnitt auf ihrer Wange lief Blut.

»Claire? Bist du in Ordnung?«

Sie blinzelte. »Ja. Ich glaube schon.«

In der Rückseite des Hauses war ein riesiges klaffendes Loch. Ein Teil der Küche war eingestürzt zu einem glimmenden Haufen Steine. Doch der Großteil der Ziegelmauer hatte zumindest genug Widerstand geleistet, um sie zu schützen. Sie hatten ein paar Beulen und noch ein paar neue blaue Flecken, aber sie waren am Leben.

Er half ihr auf die Füße. Dabei dachte er immer noch die ganze Zeit: *vier Sekunden. Vier Sekunden. Vier Sekunden.* Vier Sekunden vom Ziehen des Stifts bis zur Explosion. Es grenzte an ein Wunder, dass er es geschafft hatte, die Granate zu fassen zu kriegen und rechtzeitig aus dem Fenster zu schleudern.

»Das war eine Granate«, keuchte sie fassungslos. »Du hast die Granate aufgehoben und aus dem Fenster geworfen.«

»Ich weiß. Komm, wir müssen hier raus. Es ist nicht sicher hier.«

»Das war ...«

»Dumm. Ich weiß.«

»Unglaublich. Wir wären jetzt beide tot, wenn du das nicht getan hättest.«

»Erzähl es bitte nicht meiner Mutter.« *Bitte.* Vier Sekunden.

Er schob sie hinter sich, öffnete mit der Waffe in der Hand vorsichtig die Tür und trat hinaus auf die Veranda. »Alles klar«, sagte er, nachdem er sich versichert hatte, dass niemand auf sie zu warten schien. »Komm mit zu meinem Truck.«

Die Nachbarn standen auf ihren Veranden. Mehrere

hielten Handys ans Ohr. Andere hielten sie auf Armlänge entfernt, zweifellos, um Fotos zu machen.

Im Begriff, Claire die Tür zum Beifahrersitz seines Autos zu öffnen, sah er plötzlich Levi am Zaun stehen, seinen Dino in der Hand. Der junge Mann winkte. Ein älterer Mann nahm ihn am Arm und zog ihn mit sich ins Haus.

In der Ferne waren Sirenen zu hören. Derek fuhr los. Er wollte nicht das Risiko eingehen, dass, wer auch immer Claire umbringen wollte, einen weiteren Versuch unternahm, sein Vorhaben ungeachtet der vielen Zuschauer auf der Straße zu Ende zu bringen.

»Wohin fahren wir?«, fragte sie.

»An einen sicheren Ort.« Derek aktivierte die Bluetooth-Verbindung und rief Nolan an.

Der meldete sich, kaum dass es ein Mal geklingelt hatte. »Ich hab's schon gehört. Was genau ist vorgefallen?«

»Irgendjemand hat eine Granate durch Claires Fenster geworfen. Ich habe sie zurückgeworfen. Zum Glück ging das Fenster zum Wald hinaus, nicht zu einem Nachbarhaus. Der Schaden an den anderen Grundstücken wird sich in Grenzen halten.«

»Der Schaden ist jetzt nicht …« Pause. »Du hast sie zurückge…« Erneute Pause. »Ist jemand verletzt?«

»Ein paar Kratzer und blaue Flecken, aber wir sind am Leben. Claire ist bei mir. Wir fahren zu einem Hotel, wo wir erst mal wieder richtig zu uns kommen müssen.«

»Welches Hotel?«, fragte Nolan.

»Irgendeins in Asheville. Ich glaube, in einer größeren Stadt können wir besser untertauchen, während wir überlegen, wie wir jetzt weiter vorgehen. Bis jetzt waren wir rein defensiv. Wird Zeit, das zu ändern.«

»Der Ansicht bin ich auch«, stimmte Nolan zu. »Gib mir Bescheid, wo ihr unterkommt, dann komme ich und wir machen einen Plan. Ach ja, ich habe Neuigkeiten über Brad Stevenson.«

»Ist es dringend?«

»Nein. Außerdem kommt grade ein neuer Anruf rein, den muss ich annehmen. Ich leg auf. Ich komme, sobald ich weiß, wo ihr seid.«

»Klingt gut.« Derek legte auf und sah Claire an. »Was ist?«

»Ich muss irgendetwas ganz Dummes getan haben«, sagte sie. »Irgendetwas, das schlimm genug ist, um mich umbringen zu wollen. Er hat meinen Namen gebraucht, als er mich überfallen hat. Das Ganze war also kein Zufall, sondern gezielt gegen mich gerichtet.« Sie schüttelte leicht den Kopf. »Es muss etwas mit meiner Arbeit zu tun haben.«

»Das habe ich auch gedacht. Oder ...«

»Oder was?«

»Oder mit deinem Vater?«

Sie runzelte die Stirn. »Das glaube ich kaum. Er wurde getötet, kurz bevor ich meinen Highschoolabschluss gemacht habe.« Sie schenkte ihm ein schiefes Lächeln. »Er hat sich in einer der Bars, in denen er immer rumhing, mit dem falschen Mann angelegt. Diesmal war er es, der erschossen wurde.«

»So viel Gewalt in deinen jungen Jahren.«

Sie zuckte die Achseln. »Ich glaube, das war mit den Eltern, die ich hatte, und in der Umgebung, in der ich aufwuchs, unvermeidbar. Alles zusammen hat mich zu einem sehr zornigen Teenager werden lassen. Ich habe viele falsche Dinge getan, aber zum Glück wurde ich nie gefasst. Mit der Hilfe eines meiner Lehrer an der Highschool und seiner Frau habe ich es dann geschafft, einen anderen Weg einzuschlagen. Sie haben mich unter ihre Fittiche genommen. Durch sie habe ich Gott gefunden. Ich hatte Achtung vor ihnen und habe sie ganz allmählich sogar lieben gelernt. Weil ich ihnen gefallen wollte, habe ich mich in der Schule angestrengt und bekam ein Stipendium fürs College. Die beiden haben mir gezeigt, wie eine echte Ehe aussehen kann. Eine, deren Mittelpunkt Gott ist.«

Er runzelte die Stirn. »Im Krankenhaus hast du doch gesagt, du hättest niemanden. Was ist mit ihnen?«

Sie schüttelte den Kopf. »Sie haben ein behindertes Kind und leben sehr weit entfernt von hier. Eine Reise wäre eine Zumutung für sie.«

Dachte sie eigentlich jemals an sich? Je mehr sie erzählte, desto mehr Einblicke in ihr Wesen bekam er. Was er sah, gefiel ihm sehr und machte ihm großen Eindruck. Gleichzeitig sorgte er sich um sie. »War dein Vater der Grund für deine Berufswahl?«

»Natürlich. Er ist damals nur wegen Schlamperei bei der Spurensicherung und der forensischen Arbeit davongekommen.« Sie warf ihm einen Seitenblick zu. »Glaub mir, ich habe die Akten studiert. Du wärst entsetzt. Ich weiß nicht, was mit den Beamten, die den Fall übernommen hatten, los war. Auf jeden Fall haben sie sich kein bisschen Mühe gegeben und ihre Arbeit nicht richtig gemacht. Ich habe mir geschworen, dass jeder Fall, der mir übertragen wird – ganz besonders, wenn es sich um einen Fall häuslicher Gewalt handelt –, richtig bearbeitet wird. Niemand wird die Chance haben, mit einem Mord davonzukommen, nur weil ich schlampig arbeite. Und ich wollte dafür sorgen, dass kein Kind zu einem Mörder zurück muss und jede einzelne Minute jedes einzelnen Tages in Angst lebt.«

»Das kann ich verstehen. Und es beeindruckt mich, wie du damit umgegangen bist.« Mit seiner rechten Hand drückte Derek ihre eiskalten Finger. »Wir sind da. Gehen wir auf unsere Zimmer und reden dann weiter.«

»Das war schon alles. Es gibt nichts weiter zu erzählen.«

»Hm – irgendwie bezweifle ich das.« Er lächelte sie an.

An der Rezeption buchte er zwei nebeneinanderliegende Zimmer und gab ihr einen der Schlüssel. »Wir können die Verbindungstür offen lassen, aber so haben wir doch ein klein wenig Privatsphäre.«

Sie nahm den Schlüssel. »Du bist wirklich ein guter Mensch, Derek St. John.«

Er grunzte leise. »Ich kenne ein paar Leute, die sind ganz und gar nicht deiner Meinung.«

»Klar. Die bösen Jungs, die du eingelocht hast.«

Fünf

Claire unterzog das Badezimmer einer Prüfung. Hinter der Tür hing ein Bademantel, vor dem Spiegel waren die nötigsten Toilettenartikel aufgereiht. Derek hatte an der Rezeption sogar um Zahnbürsten und Zahnpasta gebeten. Sie hatte alles, was sie brauchte, bis auf frische Kleidung.

Es klopfte leise. Als sie zurück ins Zimmer trat, stand Derek in der Verbindungstür. »Ich habe gerade mit Nolan telefoniert. Er ist noch immer in deinem Haus. Das Feuer ist gelöscht. Seine Leute nageln die zerstörten Fenster und das Loch in der Hauswand zu.«

»Sag ihm vielen Dank. Er hat was gut bei mir, wenn all das vorbei ist.«

»Er tut es gern. Nachher bringt er uns frische Kleidung und was zu essen vorbei.«

Sie staunte. »Kannst du Gedanken lesen?«

»Kaum. Ich wusste nur, was ich brauche, und konnte mir vorstellen, dass du das auch gern hättest.«

»Danke. Du hast auch was bei mir gut.« Seufzend setzte sie sich an das Tischchen am Fenster.

»Darf ich?«, fragte Derek und nahm ihr gegenüber Platz, als sie nickte. »Fällt dir irgendjemand ein, der vielleicht aufgrund deiner Arbeit einen Groll gegen dich hegt?«, fragte er.

»Mehrere. Ich sage regelmäßig als Zeugin aus, Derek. Ich bin jung, aber ich gelte als Expertin auf meinem Gebiet – und ich bin gut darin, einer Jury klarzumachen, dass ich weiß, wovon ich rede.«

»Hast du dich je geirrt?«

»Nicht insofern, dass ich Beweise oder Spuren falsch interpretiert hätte. Meine Aufgabe ist es, den Spuren zu folgen und meine persönlichen Gefühle hintanzustellen. Wenn die Beweise dann aus irgendeinem Grund zu einem Unschuldigen führen, kann ich nur hoffen und beten, dass vor dem Prozess weitere Indizien ans Licht kommen.« Sie schwieg kurz, dann fuhr sie fort. »Aber zu dem Zeitpunkt weiß ich natürlich nicht, dass sie unschuldig sind.«

Er schürzte die Lippen. »Und ist das je passiert?«

»Zwei Mal. In dem einen Fall war es ein Polizist. Damals war am Tatort Geld abhandengekommen und er hat versucht, es jemand anders anzuhängen. Im zweiten Fall ging es um einen Zwilling, dessen DNA am Tatort gefunden wurde, der jedoch ein wasserdichtes Alibi hatte. Der unschuldige Zwilling hatte kein Alibi und wurde verhaftet. Später zeigte das Bildmaterial der Überwachungskamera des Einkaufszentrums, in dem der Mord geschah, dass sein Bruder dort die gleiche Kleidung getragen hatte wie bei der Zeugenaussage. Einer der Beamten erkannte das Hemd wieder und bat darum, es als Beweis aufzunehmen. An dem Hemd befand sich das Blut des Opfers.«

»Interessant.«

»Sehr. Und grausam.«

Derek rieb sich das Kinn. »Bekommen wir irgendwie Zugang zu deinen Fällen und können sie einen nach dem anderen durchgehen?«

»Klar, aber wonach sollen wir suchen?«

»Nach jemandem, der kein Alibi hat.«

Sie keuchte entsetzt auf. »Weißt du, wie lange das dauern würde?«

»Irgendwo müssen wir anfangen, oder?«

Sie rieb sich die Schläfen. »Ja, vielleicht hast du recht.«

Derek holte sein Handy aus der Tasche und tippte auf das Display. »Aber ich weiß, wie wir das Ganze ein bisschen beschleunigen können.«

»Wie?«

»Mit Teamwork.« Sie hörte, wie sich jemand meldete. Derek sagte: »Linc, was machen du und Allie die nächsten paar Tage? Aha. Besteht vielleicht die Möglichkeit, dass ihr euch ein paar Tage freimachen könnt? Ich habe hier eine Freundin, die braucht Hilfe, bevor der Killer, der hinter ihr her ist, Erfolg hat und ich als Kollateralschaden ende.« Pause. »Ja, ich meine es ernst.« Pause. »Das erkläre ich euch alles später.«

Pause. »Großartig! Danke.« Er beendete das Gespräch. »Sie kommen.«

Sie starrte ihn mit offenem Mund an. »Moment«, stotterte sie. »Linc. Ich erinnere mich an den Namen. Einer deiner Brüder, nicht wahr?«

»Ja, er ist beim FBI. Als Bundespolizist darf er also bei der Untersuchung helfen.«

»Und wer ist Allie?«

»Seine Frau und frühere Partnerin beim FBI.« Er schwieg kurz, dann sagte er: »Du wirst sie mögen. Ihr werdet euch gut verstehen.«

»Warum?«

»Das ist eine lange Geschichte. Die Kurzform ist, dass ihre Familie von ihrem Bruder ermordet wurde und sie ihn hinter Gitter gebracht hat.«

»Oh.« Es kam als ein Flüstern heraus. Das Herz tat ihr weh beim Gedanken an die Frau, dabei kannte sie sie noch gar nicht. »Du hast recht. Ich verstehe sie. Das ist ja schrecklich.«

»Es war schrecklich, aber sie geht sehr offen damit um. Sie spricht oft in Highschools und Gefängnissen über das, was sie erlebt hat. Sie sagt, wenn sie, indem sie darüber spricht, anderen helfen kann, mit ihrer Vergangenheit fertigzuwerden, dann ist das den Schmerz wert, den ihr das erneute Durchleben der Ereignisse bereitet.«

»Alle Achtung. Und sie und Linc lassen einfach alles stehen und liegen und kommen her?«

Er zuckte die Achseln. »So ist meine Familie eben. Auch wenn sie der Ansicht sind, dass ich da nicht ganz so gut dazu passe.«

»Das denken sie? Warum?«

»Weil ich nur selten mit ihnen über etwas rede.« Er rieb sich die Augen. »Ich bin von Natur aus eher ein Einzelgänger. Ich bitte nicht gerne um Hilfe.«

»Aber ich wette, du bist der Erste, der kommt, wenn einer von den anderen Hilfe braucht«, sagte sie.

»Na ja ...«

»Ja, das dachte ich mir. Immerhin hast du sie aber gerade gefragt, ob sie uns helfen können.«

Er lächelte sie schief an. »Ich versuche ja, gegen mein Einzelgängertum anzukämpfen. So, und jetzt machen wir einen Plan.«

Ihr gingen noch viele Fragen durch den Kopf, die sie Derek gerne gestellt hätte, doch sie ließ den Themenwechsel zu. »Was hast du vor?«

»Der schnellste Weg, die Sache aus der Welt zu schaffen, wäre, ein Büro an deiner Arbeitsstelle einzurichten.«

»Im Labor?« Sie holte scharf Luft und dachte darüber nach, ob das vertretbar war. »Einverstanden«, sagte sie schließlich. »Wir könnten wahrscheinlich das Besprechungszimmer benutzen.«

»Das wäre gut. Wir brauchen Computer und Zugang zu allen deinen Fällen.«

Sie stieß langsam den Atem aus. »Gut. Ich muss

meinen Chef anrufen, aber die meisten Fälle sind ohnehin im Archiv.«

»Das ist von Vorteil.«

Es klopfte und sie sprangen erschrocken auf. Derek stand langsam auf und stellte sich neben die geschlossene Tür. »Ja?«, fragte er.

»Zimmerservice.«

* * *

Dereks Schultern entspannten sich. »Das ist Nolan.« Er öffnete die Tür und sein Freund trat mit ein paar Tüten beladen ein. Aus einer der Tüten drang ein köstlicher Duft.

Nolan reichte sie Derek. »Chicken Parmesan und Salate. Mit den besten Wünschen von Kallie.«

»Du weißt, dass du weit über deinem Stand geheiratet hast.«

»Ha. Du bist nicht der Erste, der mich darauf hinweist.«

»Ich wollte ja nur sichergehen, dass es dir bewusst ist.«

Claire nahm Derek die Tüte ab. »Danke, Nolan. Sag Kallie, sie ist ein Schatz.«

Nolan setzte sich aufs Bett, Derek und Claire an den Tisch. Sie fingen sofort an zu essen.

»Okay, das Wichtigste zuerst. Brad Stevenson«, begann Nolan. »Er ist Notarzt, mit ewig langen Schichten, schläft in der Klinik und so weiter. Ihm ist gar nicht aufgefallen, dass sein Auto nicht mehr da war.«

»Er hat also ein wasserdichtes Alibi«, sagte Claire.

»Scheint so, im Moment jedenfalls. Wir prüfen das noch, aber er ist zu der Zeit, als du überfallen wurdest, auf dem Bildmaterial des Sicherheitsdienstes in der Klinik zu sehen. Er war nicht mal in der Nähe deines Hauses.«

»Gut, das müssen wir dann wohl akzeptieren.«

»Vorläufig. Was die Granate betrifft: Sie ist unmittelbar, bevor sie aus dem Fenster flog, explodiert. Deshalb wurde die Hauswand so stark beschädigt. Sie hat die ganze Wucht der Explosion erwischt.«

Claire schauderte. Derek gelang es kaum, sein eigenes Entsetzen bei dem Gedanken daran, was hätte sein können, zu unterdrücken.

»Besser die Wand als wir«, sagte er schließlich.

»Amen dazu. Die gute Nachricht ist, dein Nachbar Levi hat den Betreffenden genau gesehen und sieht sich jetzt Fotos von kürzlich freigelassenen Häftlingen an, die einen Hass auf Claire haben könnten.« Er lächelte sie gezwungen an. »Ich weiß, dass es möglicherweise nichts mit den Fällen, bei denen du vor Gericht ausgesagt hast, zu tun hat, aber das ist trotzdem unsere logischste Spur, deshalb gehen wir dem nach.«

»Klingt vernünftig«, sagte Claire. Sie trank einen Schluck Wasser und nahm noch einen Bissen von dem Huhn. »Und Levi ist durchaus fähig zu sagen, ob die Person, die er gesehen hat, mit einer der Personen auf euren Fotos übereinstimmt.«

»Hast du in Kürze irgendwelche Auftritte bei Gericht?«, fragte Derek.

Sie runzelte die Stirn, während sie überlegte. »Zwei im nächsten Monat. Bei dem einen geht es um einen Mord. Der Angeklagte beharrt darauf, dass er unschuldig ist.«

»Ist er das?«, fragte Derek.

»Die Beweise sagen etwas anderes.«

»Gib mir die Informationen«, sagte Nolan. »Wir werden die Alibis von allen überprüfen, die mit dem Fall zu tun haben.« Er machte sich einige Notizen und schaute dann wieder zu den beiden auf. »Was habt ihr jetzt vor?«

Claire und Derek warfen sich einen Blick zu. Derek kaute seinen letzten Bissen, schluckte ihn hinunter und räusperte sich, bevor er Nolan seinen Plan erklärte.

Nolan nickte. »Aber erst einmal ruht ihr zwei euch jetzt aus. Haltet euch bedeckt, bis wir im Labor alles vorbereitet haben.« Er stand auf und ging zur Tür. »Jason und ich bleiben heute Nacht hier.«

»Wachhund spielen?«, fragte Derek.

»Jason ist auch hier?« Claire blickte erstaunt zu Nolan. Die beiden Brüder aus Tanner Hollow, Nolan und Jason, waren ein Herz und eine Seele.

»Jep. Wir drei wechseln uns ab, so kriegen wir auch eine Mütze schlaf und Claire bleibt nicht unbewacht.«

»Der Plan gefällt mir«, sagte Derek. »Eine prima Idee.«

Nolan grinste. »Hin und wieder habe ich tatsächlich auch gute Ideen.« Er griff nach dem Türknauf. »Derek, du übernimmst die erste Wache. Ruf mich um Mitternacht. Jason und ich teilen uns den Rest der Nacht.«

»Okay.«

»Ich nehme mir ein Zimmer. Morgen um acht fahren wir dann alle zu deinem Büro. Einverstanden, Claire?«

»Ja, vielen Dank.«

Als er fort war, rieb Claire sich die Augen. »Ich muss jetzt duschen und dann schlafen, sonst falle ich um.«

»Ich auch. Du zuerst. Ich warte noch, bis Nolan übernimmt.«

Claire war unendlich dankbar für treue Freunde wie Nolan und Jason, die noch dazu so kompetent waren. Und sie konnte nicht anders: Sie war mindestens genauso dankbar für den Mann, der auch jetzt noch vor ihr stand, seit Nolan gegangen war.

Derek sah sie erwartungsvoll an. Claire begann zu zittern. Die ganze Erschöpfung dieses Tages brach über sie herein. Derek war sofort bei ihr. Sie schmiegte sich in seine Arme und er hielt sie fest. Ganz sanft. Sie brauchte nichts zu sagen, er verstand ihr Bedürfnis nach Trost und Geborgenheit.

»Wir kriegen ihn, Claire, versprochen«, sagte er.

Irgendwie.

Sie sah zu ihm auf, in ihren blauen Augen standen Tränen. Eine Locke, noch staubig von der Explosion, hing ihr über die rechte Stirnseite. Er strich sie zurück. Dann legte er seine Lippen auf ihre. Ganz ruhig erwiderte sie seinen Kuss, nahm ihn, wie er gemeint war – so hoffte er jedenfalls. Als Trost – und als ein Versprechen. Und als zarte Andeutung einer im Zaum gehaltenen Leidenschaft, die eine Welt voller Möglichkeiten versprach. Wie er es sich auch für ihre Beziehung erhoffte.

Als er sich von ihrem Mund löste, sah sie zu ihm auf, Sehnsucht und Unsicherheit im Blick. Er lächelte und zog sie wieder an sich. Sie legte die Wange an seine Brust.

»Alles wird gut, Claire.«

»Ich glaube dir beinahe«, flüsterte sie.

»Glaub mir ruhig. Du bist in Gottes Hand.« Er drückte sie noch einmal fest an sich. »Jetzt geh duschen und dann schlaf. Und nimm eine Ibuprofen. Sie müssten in einer der Tüten sein, die Nolan gebracht hat. Sonst kannst du dich morgen nicht rühren.«

»Du hast wirklich an alles gedacht, nicht wahr?«

»Ich gebe mir Mühe.« Sein Handy summte in seiner Hosentasche und er holte es heraus. »Linc und Allie machen sich morgen auf den Weg. – Sie bringen Daria mit.« Er zog eine Braue hoch. »Gute Idee.«

»Wer ist Daria?«

»Daria Nevsky. Sie lebt bei Linc und Allie. Ihr Vater war ein Krimineller, den sie vor etwa drei Jahren mit ihrer Hilfe zur Strecke gebracht haben. Damals war sie siebzehn. Sie ist ein technisches Genie. Ich mache euch morgen früh bekannt.«

»Danke.«

Das leise Wort rührte ihn, er räusperte sich. »Gern geschehen.«

Sie rührte sich nicht.

»Claire.«

»Ich habe Angst, dass ich schlecht träumen werde.« Ihre Worte überstürzten sich förmlich. »Ich habe Angst, allein zu sein.« Die letzten Worte waren nur noch ein ersticktes Schluchzen.

Er umfing sie fester. »Du bist nicht allein. Ich bin da.«

Sie löste sich von ihm und trocknete sich die nassen Wangen mit den Handflächen. »Tut mir leid. Ich will kein Schwächling sein und einen Zusammenbruch haben. Es geht mir schon gut.«

Derek schüttelte den Kopf. »Claire, du bist alles andere als ein Schwächling. Und nach dem, was du durchgemacht hast, hast du jedes Recht auf einen Zusammenbruch.« Er schwieg, dann fuhr er fort: »Aber wenn das ein Zusammenbruch für dich ist, dann ... nun ... dann war es allerhöchstens ein Zwergenzusammenbruch.«

Sie musste lachen. »Wie machst du das?«

»Was?«

»Mich zum Lachen bringen, wenn ich es am wenigsten erwarte.«

»Das ist eine besondere Gabe von mir.« Er strich ihr mit einem Finger über die Wange. »Im Ernst, wenn du nicht schlafen kannst oder Albträume kommen, dann halte ich deine Hand, bis du einschläfst. Wer weiß? Vielleicht hält das auch meine eigenen Träume in Schach.«

»Du träumst auch schlecht?«

»Fast jede Nacht.«

Claire schluckte. »Wovon?«

»Meistens sind es Gesichter. Von den Menschen, die ich getötet habe, bei meiner Arbeit für das SEK. Oder Gesichter von Menschen, die wir im Stich lassen mussten, weil wir nicht rechtzeitig bei ihnen sein konnten. Ich träume, verdeckt zu ermitteln und erwischt und gefoltert zu werden.« Er schauderte. »Ich rede nicht gern darüber, aber wenn es dir hilft, tue ich es.«

Sie holte tief Luft und nickte. »Okay. Du kannst mich jetzt loslassen.« Er zog eine Braue hoch, sie zuckte die Achseln. »Ich weiß nicht, warum, aber es hat geholfen. Du brauchst nicht darüber zu reden oder mir Einzelheiten zu erzählen. Es tut mir leid, dass du diese Albträume hast. Ich wünsche das niemandem, aber es hilft mir, dass du mich verstehst.«

»Das tue ich.« Er schwieg, dann sagte er: »Ich war in Therapie deswegen.« Er schwieg wieder. »Das habe ich noch nie jemandem gesagt. Nicht mal meiner Familie.«

»Danke, Derek.« Sie umarmte ihn.

Er atmete ihren Duft ein. Unter all dem Ruß und Staub roch er noch immer einen Hauch von Vanille.

»Ich glaube, jetzt geht es mir besser«, sagte sie.

Er wartete, bis sie sich im Badezimmer eingeschlossen hatte, dann ging er zurück in sein Zimmer und zog die Tür fast zu. Aber nur fast. Der schmale Spalt erlaubte es ihm, die Tür schnell zu öffnen und sofort bei ihr zu sein, wenn sie ihn brauchte – und wenn es nur war, um ihr die Hand zu halten, damit sie schlafen konnte.

Oder damit er schlafen konnte.

Sechs

Sie hatte es nicht für möglich gehalten, aber sie hatte tatsächlich geschlafen, tief und fest. Als sie aufgewacht war, hatte Derek in dem Stuhl neben ihrem Bett gesessen und geschlafen. Ihre Hand hatte in seiner gelegen.

Als sie sie ihm entzogen hatte, war er aufgewacht und hatte sich erhoben.

»Danke«, hatte er gesagt.

»Wofür?«

»Dass ich deine Hand halten durfte. Es hat geholfen.« Damit war er in sein Zimmer verschwunden, um sich fertig zu machen.

Jetzt ging sie zwischen Nolan und Derek in Richtung ihres Bürogebäudes. Linc, seine Frau Allie und Daria bildeten die Nachhut. Jason hatte frühmorgens bereits wieder an die Arbeit gemusst und war gefahren.

»Alles wird gut«, hatte Derek letzte Nacht gesagt. Sie wollte ihm so gern glauben. Mehr als alles andere wollte sie glauben, dass alles gut würde. Doch das hatte ihr damals auch die Sozialarbeiterin vor dem Prozess versprochen und es war definitiv nicht alles gut geworden.

»Du bist in Gottes Hand«, hatte Derek noch gesagt. *Herr, ich will so gern glauben, dass du alles zum Guten wenden wirst. Bitte hilf mir. Hilf uns heute,* betete sie stumm, während Nolan ihr die Tür aufhielt.

Sie betrat das Gebäude, das in den letzten fünf Jahren ihr Zuhause gewesen war. Mit leiser Trauer registrierte sie, dass sie sich an ihrer Arbeitsstätte heimischer fühlte als in dem kleinen Haus, das gerade in die Luft geflogen war. Es war schade, aber es stimmte. Hier war sie aufgeblüht, hatte sich wohlgefühlt.

Die Beförderung war eine Ehre für sie gewesen und bis zu einem gewissen Grad auch eine Überraschung, da sie davon ausgegangen war, dass Franklin Green, ein langjähriger Mitarbeiter, die erste Wahl gewesen wäre. Doch dann hatte man ihr das Angebot gemacht und sie hatte es ohne Zögern angenommen.

Erst jetzt kamen ihr Zweifel. Was, wenn die Beförderung doch kein solcher Glücksfall für sie war, wie es anfangs den Anschein gehabt hatte? Claire ging voran in ihr Büro, blieb aber so abrupt in der Tür stehen, dass Derek fast in sie hineingelaufen wäre.

»Was ist denn los?«, fragte er und legte ihr die Hände auf die Schultern.

»Nichts, mir ist nur etwas eingefallen.«

»Was denn?«

»Claire!« Tara kam ihr entgegen und umarmte sie.

Claire erstarrte kurz, weil ihr immer noch alles wehtat, dann hob sie den Arm und tätschelte der anderen den Rücken. »Hi.«

»Wie schön, dich so schnell wiederzusehen! Ich kann immer noch nicht fassen, was dir zugestoßen ist.« Sie trat einen Schritt zurück. »Weiß man schon, was genau passiert ist oder wer es war?«

»Wir fangen gerade erst an, Nachforschungen anzustellen. Ist Brandon da?«

Taras dunkler Schopf deutete zum Pausenraum hinüber. »Er holt sich gerade einen Kaffee.«

»Danke.« Claire stellte ihrer Kollegin Linc, Allie und Daria vor. »Tara ist eine ausgezeichnete Ballistikerin.«

Es gab ein kurzes Händeschütteln, dann folgten die drei Claire zum Pausenraum. Tara winkte ihr noch einmal zu und verschwand. Claire stieß die Tür auf. Brandon Jennings lehnte an der Theke und sah zu, wie seine Kaffeetasse volllief.

Er drehte sich um. »Claire! Wie schön, dass es dir schon wieder so gut geht, dass du hierher kommen kannst.«

Sie stellte die Anwesenden erneut einander vor.

Brandon deutete zur Tür. »Ich habe deine E-Mail bekommen. Im Konferenzraum ist alles vorbereitet. Wir werden diesen Typen kriegen.«

Brandon war bis zu ihrer Beförderung ein guter Chef gewesen. Seitdem machte er kein Geheimnis daraus, dass er an ihr interessiert war. Und sie machte kein Geheimnis daraus, dass sie seine Gefühle nicht erwiderte.

Das schien ihn bisher jedoch nicht entmutigt zu haben und es war auch nicht so, dass ihre Begegnungen seitdem unangenehm gewesen wären, aber nach den beiden Vorfällen sah Claire ihn unwillkürlich in anderem Licht. Hegte er vielleicht doch ein verstecktes Ressentiment, das ihn zu einer solchen Tat hätte treiben können?

Claire ging voraus in den Konferenzraum und schloss die Augen. Sie musste sich unbedingt zusammenreißen. Sie durfte nicht alle und jeden verdächtigen – aber schließlich hatte wirklich jemand versucht, sie umzubringen.

»Claire?«

Alle sahen sie an. Ihr wurde bewusst, dass sie eine ganze Weile einfach nur mit geschlossenen Augen dagestanden hatte. »Tut mir leid, ich war in Gedanken.«

Auf dem Tisch standen vier Notebooks, eingerichtet und bereit, die Person zu finden, die Groll gegen sie hegte. Sie rieb sich die Hände. »Okay, während ihr schaut, was ihr herausfinden könnt, würde ich mich mit meinem Team besprechen und überlegen, wie wir die inzwischen liegen gebliebene Arbeit nachholen können.«

Derek runzelte die Stirn. »Du willst nicht hierbleiben?«

»Nein, aber ich bin ganz in der Nähe, falls du Fragen hast. Und ich verspreche, das Haus nicht zu verlassen, ohne Bescheid zu sagen.«

Er entspannte sich ein wenig. »Na gut, damit kann ich leben.«

Sie lächelte ihn an. »Danke.«

Die nächsten anderthalb Stunden arbeitete Claire mit ihrem Team, dann widmete sie sich ihrem vernachlässigten Postfach. Sie nippte an ihrer zweiten Tasse Kaffee und tat ihr Möglichstes, die Schmerzen in ihrem Körper zu verdrängen.

Ihre Kehle tat noch weh, doch sie war überrascht, wie viel besser es in so kurzer Zeit geworden war. Ihre Stimme war noch immer rau, aber auch sie würde bald wieder normal klingen. Wie auch immer ›normal‹ klang.

Sie lehnte sich auf ihrem Stuhl zurück und reckte sich. Ein lautes Krachen hinter ihr ließ sie hochschrecken. Sie wirbelte herum.

»Entschuldigung, Entschuldigung, Entschuldigung!« Gilly, der Hausmeister, nahm die Hände hoch, als hätte sie eine Waffe auf ihn gerichtet.

Claire legte eine Hand auf ihr heftig klopfendes Herz. »Sie haben mich zu Tode erschreckt!«

Gilly hob den Besen auf, der von seinem Wagen gefallen war, und schüttelte ihn tüchtig. »Ich habe ihn nicht richtig in den Halter gestellt. Kann ich Ihnen was holen? Noch einen Kaffee? Eine Beruhigungstablette?«

Claire lachte leise. Gilly arbeitete erst seit zwei Monaten hier, doch sie hatte seinen Humor schon bei mehr als einer Gelegenheit kennengelernt. »Ist schon gut. Die Beruhigungstablette ist keine schlechte Idee, aber ich verzichte lieber. Auf den Kaffee auch, ich bin schon zittrig genug.«

»Ist alles in Ordnung?«

»Eigentlich nicht, aber es geht schon.« Sie sah zum Konferenzraum hinüber. »Hoffe ich jedenfalls. Was macht Ihr Kurs?«

Er zuckte die Achseln. »Er ist ganz schön anspruchsvoll, aber faszinierend und macht mir Freude.« Er sah sie lächelnd an. »Wer weiß? Eines Tages habe ich vielleicht Ihren Job.«

Sie lachte. »Das ist sehr gut möglich. Danke, Gilly.«

»Kein Problem.« Er schob den großen, gelben Wagen zur Tür.

»Ach, da sind Sie ja, Gilly«, sagte Tara, die soeben Claires Büro betrat. Ihren weißen Labormantel zierte ein dunkelbrauner Fleck. »Ich bin ein Tollpatsch. Könnten Sie vielleicht um meinen Schreibtisch herum wischen, während ich mir einen frischen Kittel hole?«

»Selbstverständlich.« Gilly nickte Claire zu. »Bis dann.«

»Bis dann.«

Gilly salutierte flüchtig, dann folgte er Tara auf den Flur hinaus und in ihr Büro. Claire zog eine Braue hoch. Sie hatte den Eindruck, dass Tara jedes Mal, wenn Gilly in der Nähe war, ein Missgeschick passierte, das seine Aufmerksamkeit erforderte. Was ging da vor?

Derek schaute zur Tür herein und lenkte sie von ihren Gedanken ab. Sie winkte ihm zu und schmunzelte. »Es geht mir gut.«

»Ich wollte nur mal nachsehen.« Er kam zu ihr. »Und dich auf den neuesten Stand bringen.«

»Habt ihr etwas gefunden?«, fragte sie.

»Ich weiß noch nicht. In einem deiner Fälle war dein Zeugnis positiv für die Verteidigung. Du hast einen Typen herausgehauen, der wegen bewaffneten Raubüberfalls verhaftet worden war.«

»Ich erinnere mich an den Fall. Es war letztes Jahr.«

»Er hatte ein kilometerlanges Vorstrafenregister.«

»Ich weiß«, sagte sie, »aber er hat die Tankstelle nicht überfallen.«

»Ja. Aber zwei Monate später hat er eine schwangere Frau umgebracht. Wir suchen nach dem Ehemann.«

Claire rieb sich die Augen. »Du meinst, er hegt deswegen Groll gegen mich? Weil er mir die Schuld am Tod seiner Frau gibt? Weil der Typ, wenn ich nicht für ihn ausgesagt hätte, im Gefängnis und seine Frau noch am Leben wäre?«

»Es ist vielleicht ein bisschen weit hergeholt, aber ...« Er zuckte die Achseln.

»Aber sie haben den Mann, der den Raubüberfall

tatsächlich begangen hat, geschnappt. Er sitzt noch immer im Gefängnis.«

Derek legte eine Hand an sein Kinn. »Ja. Ich weiß.«

»Und – der Mord war vor neun Monaten. Warum rächt er sich erst jetzt?«

Er schnitt eine Grimasse. »Lauter gute Argumente.«

Claire sah ihn mitleidig an. »Ich glaube, ihr müsst weiter suchen.«

Derek nickte. »Machen wir.«

»Gut«, sagte sie und ging zur Tür.

»Wo gehst du hin?«, fragte er.

»Ich habe ganz schön viel Kaffee getrunken. Denken Sie nach, Detektiv.«

Sie hörte sein Lachen den ganzen Flur hinunter. Ein Lächeln trat auf ihre Lippen, während sie sich gleichzeitig wunderte, dass es in ihrer Situation tatsächlich etwas gab, was sie zum Lächeln brachte.

Franklin Green kam aus der Herrentoilette, als sie gerade die Damentoilette betreten wollte.

»Claire«, sagte er, »ich freue mich, dass du wieder da bist.«

Stimmte das? Sie schob das ungute Gefühl, das sie ergriffen hatte, beiseite. »Danke, Franklin. Ich weiß das zu schätzen.«

»Weiß man schon, wer in dein Haus eingebrochen ist?«

»Noch nicht, aber sie arbeiten daran.«

Er schob seine Hände in die Taschen seiner Kakihose. »Du leistest gute Arbeit im neuen Job. Ich freue mich, dass meine Instinkte richtig waren.«

Seine Instinkte? Sie zog eine Braue hoch. »Äh – vielen Dank.«

Franklin lächelte sie schief an, drehte sich auf dem Absatz um und ging den Flur hinunter.

Komischer Typ, dachte sie wieder einmal. Er war ihr schon immer ein bisschen unheimlich gewesen. Oder war er einfach nur ein netter, zugegeben etwas sonderbarer Mensch, der ihr grade ein ehrliches Kompliment gemacht hatte?

Sie stöhnte auf. Sie wusste einfach nicht mehr, was sie denken sollte.

Sie betrat die Toilette und schloss die Tür. Der Raum war leer. Zum ersten Mal seit Stunden konnte sie durchatmen. In der Kabine lehnte sie sich gegen die Wand und legte den Kopf in die Hände. Das Ganze war einfach verrückt. Sie musste aufhören, hinter jeder Geste verborgene Motive zu vermuten.

Eine Minute später verließ sie die Kabine.

Ein Spray traf sie im Gesicht. »Was ...?« Sie hob eine Hand, um die Flüssigkeit wegzuwischen, doch ihr wurde bereits schwindelig. Der Raum um sie herum fing an, sich zu drehen. Schnell und immer schneller.

Claire stöhnte. Sie drehte sich um, stolperte. Erhaschte einen Blick auf ein bekanntes Gesicht, dann wurde es dunkel um sie. Ihre Knie zitterten, gaben nach. Eine harte Hand stieß sie nach hinten. Sie stürzte in tiefe Dunkelheit.

* * *

Derek starrte auf den Bildschirm und rieb sich die Augen. Er arbeitete zusammen mit den anderen an der Liste der kürzlich entlassenen Gefängnisinsassen und ihrer Familien. Er selbst befasste sich dabei näher mit den Fällen, in denen Claire für die Staatsanwaltschaft in den Zeugenstand getreten war. Zwar konnte auch jemand wütend sein, weil sie für die Verteidigung aufgetreten war, doch er musste schließlich irgendwo anfangen und diese Spur war naheliegender.

Vier Fälle waren übrig geblieben. Alle vier Angeklagten waren schuldig gesprochen und zu einer Gefängnisstrafe verurteilt worden. Zwei waren hinter Gittern gestorben, zwei saßen noch im Gefängnis. Die beiden Häftlinge beteuerten nach wie vor ihre Unschuld. Einer der beiden Gestorbenen hatte seine Tat gestanden und sich bei der Familie seines Opfers entschuldigt, die andere – es war eine Frau – hatte sich erhängt. Sie hatte einen Brief an ihre beiden Kinder hinterlassen, in denen sie sie beschwor, ein gutes Leben zu führen. Ihr Tod sollte sie dafür frei machen.

»Was hat sie getan?«, fragte Linc.

»Ihren Mann umgebracht.«

»Selbstverteidigung?«

»Nein, sieht nicht so aus. Die Verteidigung hat versucht, so zu argumentieren, doch die Belege, die Claire vorgelegt hat, bewiesen, dass sie das Verbrechen geplant hat, bis hin zu dem Wein, den sie kaufen und mit dem sie ihn vergiften wollte. Diese nervtötenden Internetrecherchen führen letztlich immer zum Erfolg. Die Leute glauben, sie hätten ihre Spuren vollständig verwischt, aber das haben sie nicht. Meistens jedenfalls.«

»Die Beweise waren also eindeutig.«

»Sie haben jedenfalls alle überzeugt. Die Jury hat sich nur für eine Stunde zurückgezogen, dann hat sie ein einstimmiges Urteil gefällt.«

Allie stieß einen leisen Pfiff aus. »Oha!«

»Im Ernst. Das ging wirklich schnell.«

»Aber warum wollte sie ihn umbringen? Hat er sie missbraucht oder war er gewalttätig? Hatte sie einen anderen?«

»Hab ihn«, sagte Daria.

Linc sah auf und wechselte einen Blick mit Allie.

Derek trat hinter sie. »Was soll das heißen, ›hab ihn‹?«

»Na ja, so gut wie. Du« – sie sah Nolan an – »hast doch gesagt, das Auto gehöre Brad Stevenson, doch der hat ein wasserdichtes Alibi in der Klinik.«

»Ja.«

»Du hast recht. Sieht nicht so aus, als hätte er etwas

damit zu tun. Wenn dem so ist, dann hatte der Betreffende, der das Auto gestohlen hat, wirklich ganz großes Glück, weil es eins war, dessen Diebstahl viele Stunden nicht entdeckt wurde ...«

»... oder er kannte Brad«, sagte Allie.

»Genau. Also habe ich ein kleines Programm geschrieben, mit dem ich feststellen konnte, wann Brad von seinen Freunden in den sozialen Medien getaggt wurde, und habe das dann abgeglichen mit den Leuten aus den Fällen, in denen Claire ausgesagt hat.«

»Verzeihung«, fragte Nolan, »du hast ein Programm geschrieben?«

Derek machte eine abwehrende Handbewegung. »Frag nicht.« Er bedeutete Daria fortzufahren. »Und?«

»Und die sozialen Medien sind Meister darin, Leute zu finden, die glauben, anonym vorgegangen zu sein. Die Frau, die im Gefängnis Selbstmord begangen hat, war die beste Freundin von Brad Stevensons Mutter.«

»Was?«, riefen die anderen unisono.

Nolan beugte sich erstaunt vor. »Du hast das einfach so herausgefunden?«

Daria zuckte die Achseln. »Es ist eigentlich ganz einfach, wenn man weiß, wie man es anstellen muss.« Sie hob das Kinn. Genugtuung blitzte in ihren Augen.

»Pass auf«, neckte Derek sie, »nicht mehr lange und dein Kopf passt nicht mehr durch die Tür.«

Daria grinste. Linc und Allie sahen einfach nur stolz aus.

Derek, der Daria in den letzten beiden Jahren nur zu gut kennengelernt hatte, konnte sich im letzten Moment zurückhalten, die Augen zu verdrehen. »Okay, spann uns nicht auf die Folter, spuck's aus. Du hast gesagt, du hast ihn. Wie hast du das gemeint?«

Ihr Grinsen erlosch. Mit zusammengezogenen Brauen konzentrierte sie sich wieder auf den Bildschirm. »Na ja, auf ein paar weitergehende Recherchen hin hat Social Media ausgespuckt, dass Brad Stevenson sich mit Maria Gilmore trifft, der Schwester von Hank Gilmore.«

Derek zog die Brauen hoch. »Du sagst das, als bedeute der Name etwas?«

»Amanda Gilmores Kinder. Amanda ist die Frau, die im Gefängnis Selbstmord begangen hat«, sagte Nolan.

»Genau. Und ich glaube, Hank ist der Typ, der hinter Claire her ist.«

Derek sah die anderen erstaunt an. »Und warum?«

Sie zögerte.

»Schon gut, Daria«, sagte Allie. »Erklär es uns.«

»Na ja, da ich das Passwort für das System hatte, habe ich noch ein bisschen herumgeschnüffelt und Folgendes herausgefunden.« Ein paar Klicks auf ihrem Notebook und ein Foto erschien auf dem Bildschirm. »Hier, hier und hier, bei drei verschiedenen Gelegenheiten, beobachtet er an der Kamera, wie Claire das Gebäude verlässt. Jedes Mal fährt sie davon und er folgt ihr.« Sie zoomte den Fahrer des weißen Ford Ranger, dessen Gesicht auf allen drei Fotos war, heran. Hank Gilmore war deutlich zu erkennen. »Und«, fuhr Daria fort, »es sieht aus, als hätte er den Job hier im Labor erst vor ein paar Monaten angetreten.«

»Hier!« Derek kniff die Augen zusammen und starrte den Mann auf dem Bildschirm an. »Was tut er hier?«

Ein überraschtes Grunzen ließ alle zur Tür des Konferenzraumes sehen.

»Was machen Sie da?«, fragte Brandon. »Das ist Gilly.«

Sieben

Claire erwachte mit einem Stöhnen. Sie wollte eine Hand an ihren schmerzenden Kopf pressen, doch die gehorchte ihr nicht. *Was in ...*

Dann war die Erinnerung wieder da. Panik schoss auf.

Sie bewegte sich nicht, sondern versuchte, gleichmäßig zu atmen. Mit jeder Sekunde konnte sie klarer denken.

Gilly. Hank Gilmore hatte sie gekidnappt. In der Toilette. Die Flüssigkeit in ihrem Gesicht. Der Geruch. Die Dunkelheit.

Die Panik wurde größer, erfüllte sie ganz und gar. Sie zerrte an den Fesseln um ihre Handgelenke. Ein scharfer Schmerz ließ sie innehalten. Sie versuchte, tief durchzuatmen und ihren jagenden Puls zu beruhigen.

Nicht durchdrehen. Behalte die Kontrolle, sagte sie sich.

Es half ein bisschen. Statt zu versuchen, sich hochzurappeln, öffnete sie mühsam die Augen und ließ ihren verschwommenen Blick herumwandern. Sie befand sich in einem Innenraum.

Was für ein Raum? Sie schloss die Augen wieder und versuchte, eine Bestandsaufnahme zu machen. Beton unter ihrer Wange. Und sie fror. Schauder überliefen sie, sie hatte Gänsehaut. Ja, sie fror ganz erbärmlich. Zwischen ihrer nackten Haut und dem Fußboden befand sich der dicke Rollkragenpulli mit dem Zopfmuster, den sie über ihr langärmeliges T-Shirt gezogen hatte. Trotzdem war ihr kalt.

Claire presste die Lippen zusammen und schluckte den Schrei hinunter, der ihr in der Kehle steckte. Es fiel ihr schwer.

Hör auf. Sei clever, bleib ruhig und denk nach.

Der Zuspruch half ihr, den Aufschrei zu unterdrücken, aber das war auch alles. Sie schloss die Augen.

Okay, Claire, du musst dich befreien. Wie machst du das?

Ihre Hände waren hinter ihrem Rücken gefesselt. Die Beine konnte sie ebenfalls nicht bewegen. Wahrscheinlich war es das gleiche Klebeband, mit dem ihre Hände gefesselt waren.

Orientiere dich und werde dir klar über deine Lage.

Sie hörte das Summen von ... was? Der Klimaanlage? Vielleicht. Sie öffnete die Augen und bemerkte, dass eine einzelne Glühbirne, die von der Decke baumelte, den Raum beleuchtete. Die Wände bestanden aus nacktem Beton. Hinter ihr befand sich eine Metalltür mit einem Vorhängeschloss – durch diese Tür würde sie nicht herauskommen. Gegenüber der Tür führten hölzerne Stufen ... wohin?

Noch immer überliefen sie Schauer der Kälte. Ihr wurde übel. Minutenlang kämpfte sie gegen die lähmende Angst an und versuchte, einen Plan zu schmieden.

Denk nach!

Sie dachte an den netten jungen Mann, der immer ein Lächeln und einen Scherz auf den Lippen hatte. Gilly. Warum? Sie zerbrach sich den Kopf. Was hatte sie getan, dass er sie dermaßen hasste?

Und ... warum war sie noch am Leben? Warum hatte er sie nur betäubt und nicht umgebracht? An dem Abend, an dem er in ihr Haus eingebrochen war, hatte er doch auch nicht gezögert, sie umzubringen. Die Granate, die er durch das Fenster geworfen hatte, hätte sie und Derek mit Sicherheit getötet, wenn Derek nicht so geistesgegenwärtig reagiert hätte. Also, warum kidnappte er sie aus der Toilette und ließ sie wieder aufwachen?

Vielleicht hatte er keine andere Wahl. Steckte noch jemand anderes dahinter?

Die Zeit verging. Keine Schritte. Sie hatte auch nicht das Gefühl, beobachtet zu werden. Nur das Gefühl, dass ihr die Zeit davonlief. Sie hatte ein starkes Gefühl der Dringlichkeit.

Sie hasste Überraschungen. Sogar vor Weihnachten war sie immer herumgeschlichen, um die Geschenke in ihren Verstecken zu finden. Jedes Mal, wenn ihre Eltern stritten, hatte sie versucht zu lauschen, denn Wissen bedeutete Macht. Und jetzt brauchte sie vor allem ein bisschen Macht. Sie wünschte, sie hätte jemanden, den sie belauschen könnte. Dieses Entsetzen vor dem Unbekannten war schrecklich.

Die Übelkeit verging langsam, ihre Kraft kehrte zurück. Claire kämpfte sich in eine sitzende Position, wartete darauf, dass die erneut aufsteigende Übelkeit verging, und sah sich abermals im Raum um.

Das hoch eingesetzte Fenster bedeutete, dass sie sich in einem Untergeschoss befand, vielleicht in einem Keller. Aber das Fenster war vergittert. Sie verdrängte die lähmende Furcht und sah sich nach einer Waffe um – oder einem scharfen Gegenstand.

Nichts. Dann würde sie sich eine machen müssen. Aber woraus?

In einer Ecke standen eine alte Waschmaschine und ein Trockner sowie eine schmiedeeiserne Bank ohne Sitz. Der Sitz hatte wahrscheinlich aus Holzplanken bestanden. Rohe, hölzerne Stufen führten nach oben. Eindeutig ein Keller. Sie schauderte. Ein sehr kalter Keller und ein fast leerer. War der Besitzer erst kürzlich umgezogen? Oder war er einfach entrümpelt worden und diente nur zum Wäschewaschen?

Während sie gegen ihre Angst ankämpfte und sich

weiter umsah, gelang es ihr, ihre Arme am Po vorbei nach vorn zu bekommen. Dabei musste sie immer wieder innehalten, wenn der Schmerz der aufs Äußerste gedehnten Muskeln und noch unverheilten Verletzungen unerträglich wurde. Schließlich wappnete sie sich gegen eine weitere Höllenqual, presste die Lippen zusammen und zog ihre Beine durch die Arme durch.

Vor ihren Augen tanzten dunkle Flecken, die Schwäche kehrte zurück. Sie blieb einen Moment ganz still sitzen und wartete, dass der Schmerz verging und sie wieder zu Kräften kam. Wie viel Zeit hatte sie noch?

Denk nicht darüber nach. Tu einfach was.

Mit den Zähnen packte sie ein Ende des Klebebands und zog daran. Es dauerte länger, als sie gedacht hatte, doch schließlich waren ihre Hände frei. Sie konnte selbst kaum glauben, dass das geklappt hatte. Rasch befreite sie auch ihre Beine und warf das Band zur Seite. Dann sah sie zu der Glühbirne hoch. Und von dort zum Fenster. Es war hell draußen – bedeutete das, dass sie erst kurz hier war? Sie war hungrig, aber nicht übermäßig. Vielleicht ein paar Stunden? Derek müsste sie inzwischen eigentlich vermissen.

Bitte, Derek, komm mich suchen!

Die Glühbirne war außerhalb ihrer Reichweite, doch das Fenster befand sich nur gut dreißig Zentimeter über ihr. Claire stemmte sich hoch und stand schwankend und blinzelnd da. Sie wartete, bis der Raum aufhörte, sich um sie zu drehen.

Schritte im Stockwerk über ihr ließen sie erstarren und jagten ihren Puls erneut in ungeahnte Höhen. Da sie sich nirgends verstecken konnte, war sie eine leichte Beute – sie musste unbedingt aufhören zu grübeln und etwas tun, und zwar schnell. Sie rannte durch den Raum und öffnete den Trockner. Er war voller Handtücher. Sie erstarrte eine Sekunde bei diesem völlig alltäglichen Anblick in einer wahnsinnig gewordenen Welt, dann holte sie das dickste Handtuch heraus und wickelte es sich um die Hand. Lauschte wieder. Kam da jemand? Doch die Schritte waren verklungen. Vorerst.

Sie ging zum Fenster, schwang ihren Arm zurück – und hielt erneut inne. Würde der Lärm ihren Angreifer auf den Plan rufen? Einen Alarm auslösen? Da sie nirgendwo Zeichen einer Alarmanlage entdecken konnte, schlug sie mit der umwickelten Hand gegen das Fenster. Das Glas knackte, hielt aber. Ein weiterer harter Schlag ließ es in Scherben auf die andere Seite regnen, doch ein großes Stück steckte noch im Rahmen fest. Sie löste es vorsichtig, dann legte sie es unter ihren Schuh und brach ein kleineres, dreieckiges Stück ab. Es konnte zwar ihre Hand aufschlitzen, aber es war immerhin eine Waffe. Sie lauschte angespannt auf die Geräusche über sich und sah sich dabei erneut in dem Raum um.

Ihr Blick fiel auf das Klebeband. Eine Idee nahm Gestalt an. Solange sie Zeit hatte, konnte sie versuchen, sie umzusetzen. Sie ging zum Trockner und nahm das Flusensieb auf der Vorderseite heraus. Es hatte einen Plastikrahmen. Rasch brachte sie ein Stück cremefarbenes Plastik in die Form, die sie sich vorstellte, dann ging sie zurück zu dem Klebeband.

Mit zitternden Händen schlang sie das Band um das Plastikgebilde und den unteren Teil des Glasdreiecks. Dabei lauschte sie die ganze Zeit angestrengt auf jedes Geräusch.

Als sie fertig war, nahm sie den behelfsmäßigen Dolch in die rechte Hand und holte etwas zittrig Luft. Würde sie damit wirklich jemanden töten können? Jemanden zu erstechen bedeutete Nähe. Es war etwas sehr Persönliches – und etwas völlig anderes, als sich hinter einer Schusswaffe zu verstecken. Doch tot war tot, ganz gleich, wie man es betrachtete, und Gilly hatte keinen Zweifel daran gelassen, dass sie sterben musste.

Ihre Faust schloss sich um den Griff ihrer improvisierten Stichwaffe. Sie würde nicht sterben, nicht, wenn sie die Chance hatte, sich zu verteidigen.

Sie knipste das Licht aus, dann trat sie unter die Glühbirne, nahm das restliche Plastik vom Flusensieb des Trockners, legte es um die Birne und zog. Wieder rieselte Glas herunter. Sie umfasste den Griff ihrer neu gebastelten Waffe und eilte zur Treppe, um zu warten.

* * *

»Wo ist sie?«, fragte Derek. Allmählich bekam er Angst.

Als ihnen klar geworden war, dass Hank Gilmore der Hausmeister Gilly war – und dass er Kontakt zu Claire gehabt haben könnte –, waren er und die anderen in ihr Büro gelaufen. Es war leer gewesen.

»Das letzte Mal, als ich sie gesehen habe, wollte sie zur Toilette«, hatte er sich erinnert. »Allie, guckst du mal nach?«

Allie hatte nachgesehen. Aber Claire war auch nicht in der Toilette gewesen. Natürlich nicht. Es war ja schon eine ganze Weile her.

»Schließt das Gebäude«, sagte Nolan, obwohl er wusste, dass es wahrscheinlich zu spät war, »und beschafft das Bildmaterial von den Videokameras, ich will sehen, wie sie den Toilettenraum betritt und wieder herauskommt. Folgt ihr, schaut, wo sie hingegangen ist und mit wem. Sie hätte das Haus nicht verlassen, ohne es uns zu sagen. Nicht freiwillig.«

»Das kann ich tun«, sagte Daria, die noch immer ihr Notebook in der Hand hatte. Sie ließ sich auf den Stuhl gegenüber von Claires Schreibtisch fallen und sah zu Brandon hinüber, der angesichts der Entwicklungen immer noch mit offenem Mund in der Tür stand. »Wie lautet das Passwort für die Sicherheitskameras?«

»Ich ... ich darf nicht ...« Unter ihrem Blick verstummte er. »Egal. Aber nur diese eine Kamera vor der Toilette, ja?« Er ging zu Claires Schreibtisch und kritzelte das Passwort auf einen Zettel, den er Daria zeigte. Darias Finger flogen über die Tastatur. Dann steckte Brandon den Zettel in den Aktenvernichter.

»Okay«, sagte sie, »ich bin drin.« Noch wenigen Sekunden des Tippens hielt sie inne.

Derek beugte sich über sie. »Was hast du gefunden?«

»Sie ist hineingegangen, die Reinigungskraft ist ihr gleich darauf gefolgt ...«

»Gilly«, sagte Brandon.

»Ja, genau der. Er kommt fünf Minuten später wieder heraus, Claire nicht. Seht selbst.«

Sie schauten es sich an.

»Sie ist aber rausgekommen«, sagte Derek und schlug so heftig mit der Hand auf den Schreibtisch, dass Daria zusammenzuckte. »Tut mir leid«, sagte er, »aber checkt ihr es nicht? Sie ist vor unser aller Augen rausgekommen.«

Linc runzelte die Stirn, dann stöhnte er. »Der Wagen.«

»Genau. Er muss sie betäubt und in den Wagen gesteckt haben.«

»Und dann hat er das Gebäude verlassen und keiner hat irgendwas gemerkt«, murmelte Allie.

Brandon blickte von einem zum anderen und versuchte, zu verstehen, was gerade ablief. Immer wieder öffnete er den Mund, um etwas zu sagen, schloss ihn aber gleich wieder.

»Brandon? Möchten Sie etwas sagen?«

»Äh ... nein. Es ist nur – mir ist nur schon eine ganze Weile aufgefallen, dass Gilly Interesse für Claire zeigte, aber ich habe nichts unternommen.« Er wandte den Blick ab und zuckte die Achseln. »Ich dachte, es sei eine Art Teenagerschwärmerei oder so was.« Er schluckte und sah Derek an. »Wenn ich gewusst hätte ...«

»Ich weiß. Schon gut. Sie können ja nichts dafür.«

Brandon nickte und schluckte erneut. »Wahrscheinlich hat er den Lastenaufzug benutzt«, sagte er schließlich. »Er ist sicher nach unten gefahren und hat das Haus durch den Hinterausgang verlassen, an den Mülltonnen vorbei.«

»Und kein Mensch, der ihn dabei gesehen hat, hätte Verdacht geschöpft«, murmelte Derek.

»Ich kann natürlich seine Wohnadresse herausbekommen«, sagte Nolan, »aber wir brauchen auf jeden Fall mehr Informationen. Linc, ich glaube, es wird Zeit, Annie einzuschalten.« Ihre IT-Fachfrau in Quantico.

»Ich habe seine Adresse«, sagte Daria. Sie drückte

eine Taste auf ihrer Computertastatur. »Ich schicke sie auf eure Handys. Um das andere kümmere ich mich ebenfalls.« Ihre Handys summten und pingten wie auf Kommando.

»Ich glaube nicht, dass wir Annie brauchen«, sagte Linc.

»Ich schicke euch auch die Adresse, die auf seinem Führerschein angegeben ist.«

»Wie hast du ...?« Derek sah sie mit offenem Mund an.

»Das war nicht schwer. Die erste Adresse ist die, die auf seinem Führerschein steht, aber ...« Noch ein paar rasche Klicks. »Da wohnt er nicht mehr. Die zweite Adresse ist die von Amanda Gilmore, die hat er für seinen Arbeitsvertrag hier angegeben. Moment mal ...« Sie warteten und sahen zu, wie ihre Finger über die Tastatur flogen. »Okay, die erste Adresse können wir vergessen, dort wohnt jetzt jemand anderes. Ich wette, dass er momentan im Haus seiner Mutter wohnt.«

»Wir fahren sofort hin.«

»Er lebt allein, ist angeblich ein netter Typ, wer ihn kennt, mag ihn. Er soll viel Sinn für Humor haben. Alle finden es ganz schrecklich, dass seine Mutter so was getan hat.«

»Noch mal: Woher weißt du ...?«, setzte Derek erneut an.

Sie sah ihn an. »Abschriften vom Prozess seiner Mutter und von Befragungen der Nachbarn, die die

Polizei im Zusammenhang mit den Untersuchungen der Todesumstände seines Vaters vornahmen. Er scheint in Therapie zu sein, aber die entsprechenden Berichte kann ich nicht einsehen.«

»Das darfst du auch auf keinen Fall tun«, sagte Allie. »Wenn er es war – und danach sieht es aus, dann müssen wir streng nach den Regeln vorgehen, damit der Fall vor Gericht Bestand hat. Konzentrieren wir uns erst mal darauf, Claire zu finden.«

»Okay.« Sie fing wieder an, wie eine Wilde in die Tasten zu hämmern. Es war zu befürchten, dass sie sie in ihrem verzweifelten Wettlauf gegen die Zeit kaputt tippen würde.

Nolan, der telefoniert hatte, legte auf und sagte: »Ich habe vorsichtshalber an beide Adressen ein paar Leute geschickt.«

Derek legte Daria eine Hand auf die Schulter: »Gute Arbeit, junge Frau.«

»Danke.« Das wilde Hämmern auf die Tastatur verfolgte ihn bis zur Tür. »Warte!«, rief Daria ihm hinterher.

Er blieb stehen.

»Ich habe ihn auf den Verkehrsüberwachungskameras gefunden. Er entfernt sich gerade vom Haus seiner Mutter.«

»Daria ...« Linc sprang auf.

»Ich weiß, ich weiß. Ich hab's gleich! Und ... da! Brad Stevensons Mutter gehört ein Häuschen, etwa zehn Minuten von hier. Es steht auf einem zwei Hektar großen Waldgrundstück.« Sie sah auf. »Und zwar in der Richtung, in der Hank Gilmore gemäß den Verkehrskameras fährt.«

Nolan nickte Derek zu. »Gehen wir.«

»Ich schicke euch die Adresse«, sagte sie.

Ihre Handys fingen an zu klingeln, doch Derek rannte los und hechtete förmlich auf den Fahrersitz seines Autos.

Acht

Claire stand am Fuß der Treppe und lauschte auf die Schritte vor der Tür oben am Treppenabsatz.

Was macht er?

Er öffnete die Tür, dann ... blieb er stehen. Ihr Herz schlug schmerzhaft schnell – und laut. Konnte er ihren Atem womöglich hören? Er hatte den Lichtschalter betätigt und natürlich war nichts geschehen. Sie umklammerte den selbst gemachten Dolch, den sie in der Hand hielt. Was würde sie darum geben, jetzt ihre Waffe bei sich zu haben.

Flüsternde Stimmen drangen an ihr Ohr. Waren sie etwa zu zweit? Sie schluckte und verstärkte ihren Griff um das Messer. Gegen einen hätte sie vielleicht eine Chance, aber gegen zwei?

Die Stimmen verklangen und die Tür fiel zu.

Ihr hämmernder Puls beruhigte sich ein wenig.

Doch dann öffnete sich die Tür erneut, ein Lichtstrahl drang durch die Dunkelheit, Schritte kamen die Treppe herunter. Claire stellte sich so nah wie möglich neben die Treppe, damit sie von oben nicht gesehen werden konnte.

Die Schritte kamen näher. Claire wartete mit jagendem Puls. Sie versuchte, die Erinnerungen an das letzte Mal zu ignorieren, an dem dieser Mann Hand an sie gelegt hatte. Ein weiteres Mal würde sie vielleicht nicht mit dem Leben davonkommen. Und sie wollte doch überleben, unbedingt. Dereks gut aussehendes Gesicht tauchte vor ihrem inneren Auge auf und ein Schauder überlief sie.

Bitte, Gott, gib mir eine Chance, ihn kennenzulernen, betete sie innerlich. Im nächsten Moment rief ihre innere Stimme sie auf, sich nicht von Derek ablenken zu lassen. *Konzentriere dich.*

Gillys Schienbeine tauchten auf. Eine winzige Sekunde lang überlegte sie, seine Achillessehne zu durchtrennen, aber was, wenn sie sie verfehlte?

Knie. Schenkel.

Der Lichtstrahl wanderte an den Platz, an dem sie hätte sein sollen. Sie hörte, wie er fluchte. Er trat auf die unterste Stufe. Claires Nerven waren zum Zerreißen gespannt.

Beweg dich!, schrie sie ihm im Stillen zu.

Wenn der Lichtstrahl sie traf, war sie tot – oder musste um ihr Leben kämpfen. Doch das Licht ruhte weiter auf dem Platz, an dem sie hätte sein sollen, als würde sie auftauchen, wenn er nur lange genug dorthin leuchtete. Er tat zwei oder drei Schritte vorwärts. Claire schlich sich hinter ihn und versuchte, lautlos zu atmen. Sie wollte ihn nicht aus den Augen verlieren und behielt gleichzeitig ihre einzige Fluchtmöglichkeit im Blick: die Tür oberhalb der Treppe.

In dem Moment brüllte er plötzlich los, stürzte vorwärts und ließ das Licht ruckartig durch den gesamten Raum zucken. »Claire!«

Bei dem Aufschrei stürzte sie die Treppe hinauf, durch die Kellertür, direkt in eine Küche aus den Siebzigern des vergangenen Jahrhunderts.

»Komm sofort zurück!«, hörte sie Gilly hinter sich brüllen. Er jagte ihr hinterher die Stufen hinauf.

Die Küchentür links von ihr hatte ein Schloss, dort kam sie nicht hinaus. Ihre behelfsmäßige Waffe fest umklammernd, spurtete sie nach rechts in den Flur und stand vor der nächsten verschlossenen Tür. Das Fenster war vergittert. In Panik rannte sie in den Wintergarten. Er war direkt hinter ihr.

»Du kommst hier nicht raus, Claire.«

Die weibliche Stimme ließ sie innehalten. Sie drehte sich um. Sie kam von einer Frau um die fünfzig, mit grau meliertem, zu einem Pferdeschwanz zusammengenommenem Haar. Hinter einer schwarz gerahmten Brille funkelten blaue Augen.

»Wer sind Sie? Warum tun Sie das?«

Gilly kam wutschnaubend hereingestürmt und blieb neben der Frau stehen. Er hob seine Waffe, doch sie legte ihm eine Hand auf den Arm.

»Lass mich ihre Fragen beantworten«, sagte sie, ohne den Blick von Claire zu wenden.

»Ich will sie tot sehen.« Aus Gillys Augen sprühte tödlicher Hass.

»Schon gut, Hank. Ein paar Minuten mehr oder weniger spielen doch keine Rolle. Und ich muss zugeben, ich habe nichts dagegen, sie ein bisschen leiden zu sehen.« Sie kniff die Augen zusammen. »Du willst wissen, warum wir das tun? Weil Amanda Gilmore meine beste Freundin war und du sie umgebracht hast.«

Amanda Gilmore. Der Name kam ihr bekannt vor.

Die Frau höhnte: »Sie weiß nicht einmal, wovon ich spreche.«

Plötzlich wusste sie es. »Amanda Gilmore«, sagte sie, »Mutter und Ehefrau, einundfünfzig Jahre alt, hat ihren Mann vergiftet. Sie bekam lebenslänglich.«

In den Augen der anderen flackerte Überraschung. »Du erinnerst dich also doch.«

»Es war ein völlig klarer Fall.«

»Für dich vielleicht, aber nicht für uns, die Menschen, die sie liebte und verlassen musste. Nicht für ihre Kinder, die endlich frei von diesem Monster waren, aber keine Mutter mehr hatten.«

»Der Verteidiger konnte keinerlei Hinweise auf Missbrauch oder häusliche Gewalt geltend machen.« Allmählich fielen ihr die Details wieder ein. Die Nachforschungen hatten im Gegenteil ergeben, dass die Gewalt von Amanda ausging, nicht, dass sie ihr angetan worden war.

»Weil er nicht richtig nachgeforscht hat.«

»Schauen Sie ...« Claire hob ihre linke Hand, als wollte sie sich ergeben, hielt mit der Rechten aber weiter ihr Messer umklammert. »Ich sammle nur die Belege – und manchmal nicht einmal das. Ich habe keinen Einfluss darauf, was vor Gericht oder hinter der Tür, hinter der die Jury berät, vorgeht. Ich lege nur meine Ergebnisse vor, das ist alles.«

»Das sollte aber nicht alles sein!«, brüllte Gilly und sprang in einem Satz auf sie zu. Claire riss erschrocken die Hände hoch, ohne an ihr Messer zu denken. Sie spürte, wie es in seinen Bauch eindrang, als er auf sie aufprallte, so stark, dass sie beide durch das Glasfenster hinter ihr flogen.

Sie prallte hart auf den Boden. Bekam keine Luft mehr. Blut floss ihr über die Augen, sie konnte nicht mehr sehen. Das Letzte, was sie hörte, waren die Schreie der Frau.

* * *

Derek hörte Schreie vom Hinterhof her und wechselte die Richtung. Er bedeutete Linc und Allie per Handzeichen, nach rechts zu laufen, während er und Nolan sich nach links wandten.

Derek bog um die Hausecke. »Polizei! Hände hoch! Sofort die Hände hoch!«

Nolan brüllte einen ähnlichen Befehl. Von beiden

Seiten rannten sie auf die Personen zu, die am Boden lagen. Die Beamten legten der noch immer kreischenden Frau Handschellen an, Nolan kümmerte sich um den blutenden Mann.

Derek ging sofort zu Claire. »Bist du in Ordnung?«

»Ja.« Nach Atem ringend, ließ sie sich von ihm auf die Füße helfen.

Ein scharfer Knall zwischen den Bäumen, die sie umgaben, jagte seinen Puls in die Höhe. »Schütze!«

Er packte Claire und riss sie nach unten. Ein zweiter Schuss. Derek sah, wie Hank Gilmores Oberkörper zu Boden sank.

»Wer schießt da?«

»Schütze bei den Bäumen!«

»Unten bleiben! Unten bleiben!«

Alle möglichen Stimmen brüllten Befehle, wild durcheinander. Waffen richteten sich in die Richtung, aus der die Schüsse kamen.

Auf einmal stemmte Claire sich hoch und lief los.

»Claire!«

Sie blieb nicht stehen, sondern rannte auf den Schützen zu.

Noch ein Schuss erklang. Als Claire nicht zu Boden ging, drehte Derek sich um und sah noch, wie die Frau – Mrs Stevenson? – zusammenzuckte und ein Beamter sie zu Boden riss, wo sie still liegen blieb. Weitere Befehle wurden gerufen, Menschen warfen sich in Deckung. Schreie, das Feuer zu eröffnen, wurden laut.

»Claire, runter auf den Boden! Sofort!«

Sie warf sich zu Boden. Derek war klar, dass der Schütze traf, was immer er ins Visier nahm. Jeden Moment konnte es Claire erwischen. Er musste zu Fall gebracht werden, bevor er weiteren Schaden anrichten konnte.

Derek sprintete los und sah die Gestalt gerade noch hinter dem nächsten Baum verschwinden.

Kurz blieb er bei Claire stehen, doch die winkte ab. »Ich bin in Ordnung. Wir müssen sie aufhalten!«

Sie?

»Ich weiß nicht, was hier vorgeht, aber sie darf nicht entkommen.«

Sie sprang wieder auf und rannte los. Derek war überrascht, wie schnell und wendig sie war. Er lief hinter ihr her, wich dabei den Bäumen aus und hielt seine Waffe im Anschlag, bis er ihr endlich zurufen konnte, stehen zu bleiben.

»Claire«, schrie er, »bleib stehen und rühr dich nicht. Lass mich tun, wofür ich ausgebildet bin!«

Sie starrte ihn zornig an, doch hinter dem Zorn konnte er die Angst sehen. Und eiserne Entschlossenheit.

Und dann schließlich ein Nachgeben. Sie nickte ihm kurz zu und duckte sich hinter einen Baum.

Er hatte die ganze Zeit die Umgebung im Blick behalten, auf der Suche nach einem Zeichen, dass der Schütze – oder die Schützin – sich noch bewegte, doch es war alles still. Kein Geräusch, keine Bewegung, kein Atemhauch zwischen den Blättern. Er presste seinen Rücken gegen einen Baum und späte durch die Dunkelheit, während er seinen Atem regulierte.

Die eisige Winterluft drang ihm bis auf die Knochen, doch die Kälte kam nicht nur vom Wetter. Sie drang auf ihn ein und ließ ihm das Blut in den Adern gefrieren. Es war höchste Zeit, das Ganze zu beenden.

Nach Minuten der Stille, rief er Nolan an und erklärte ihm die Lage. »Bleibt zurück, aber passt auf. Riegelt das Gelände ab, damit keiner entkommen kann.«

»Alles klar. Und – Derek?«

»Ja?«

»Die Frau ist tot und Hank Gilmore ebenfalls.«

»Okay.«

Sie taten ihm leid, doch sie hatten ihren Weg selbst gewählt. Ebenso wie die Person da draußen, die bewaffnet und bereit war, jeden zu erschießen, der ihr zu nahe kam.

Derek kauerte sich neben Claire und wartete.

Claire blieb still. So still, dass er sie, wenn er nicht gewusst hätte, dass sie neben ihm war, nicht bemerkt hätte. Er warf einen kurzen Blick zu ihr hinüber, um sich zu vergewissern, dass sie noch da war.

Das war sie. Sie hatte die Hände gefaltet und er sah, dass sich ihre Lippen lautlos bewegten. Gebet konnten sie gebrauchen.

Eine kleine Bewegung ein ganzes Stück vor ihm ließ ihn aufmerken. Ein Tier? Oder der Todesschütze?

»Gut«, sagte er, »ich hole ihn mir. Das muss ein Ende haben. Rühr dich nicht vom Fleck. Ich muss genau wissen, wo du bist, damit ich dich nicht aus Versehen erschieße. Verstanden?«

Ein schwaches Nicken beantwortete seine Frage. »Gut.«

Er sah ihr in die Augen. »Ich komme zurück. Vertrau mir, ja?«

Sie beugte sich vor und küsste ihn auf den Mund, ein kurzer, schneller Kuss. »Sei vorsichtig.«

»Ganz bestimmt.«

Neun

Claire sah ihm nach. Ihr Herz klopfte zum Zerspringen. Sie wäre ihm gern gefolgt, doch sie hatte versprochen, auf ihn zu warten. Er hatte recht: Er war für diese Aufgabe ausgebildet. Sie würde ihm nur in die Quere kommen oder am Ende tatsächlich erschossen werden. Oder er würde ihretwegen erschossen werden. Also blieb sie hinter diesem Baum sitzen und hielt für ihn die Augen offen.

Und es gab noch etwas, womit er recht hatte. Die Sache musste heute noch beendet werden. Sie hatte es wahrhaftig satt, ständig in Angst zu leben.

Sie konnte Derek noch sehen, ein Stückchen weiter vorn, den Kopf eingezogen.

Bitte, bitte, sei vorsichtig.

Plötzlich bemerkte sie eine Bewegung hinter ihm. »Derek! Duck dich!«

Ein Schuss erklang, gleich danach schoss die Gestalt eine Salve in Claires Richtung ab. Sie duckte sich hinter den Baum und hoffte, dass ihre Bewegung nicht zu auffällig gewesen war und ihren Standort noch offensichtlicher gemacht hatte.

Ein lautes Krachen, ein Grunzen, dann ein Schrei aus Dereks Richtung. Mit klopfendem Herzen richtete Claire sich auf und sah, dass er mit der dunklen Person rang. Sie waren beide zu Boden gegangen.

»Loslassen! Lassen Sie mich! Sie machen alles kaputt!«, schrie eine Frauenstimme.

Derek machte sich nicht die Mühe zu antworten, während er darum kämpfte, den Lauf der Waffe von sich wegzudrücken.

Verzweifelt sah Claire sich um und suchte nach einer Möglichkeit, Derek zu helfen. Da! Sie packte den schwersten Ast, den sie in der Eile finden konnte, rannte zu den beiden Kämpfenden und zog ihn der Frau so stark sie konnte über den Kopf.

Die maskierte Frau sackte zusammen, doch sie verlor nicht das Bewusstsein. Derek entwand ihr die Waffe und warf sie zur Seite, dann zog er ihr die Maske ab.

Claire keuchte auf. »Tara?«

»*Ich* hätte es sein sollen! Nicht *du*! *Ich* hätte es sein sollen!« Hasserfüllte grüne Augen starrten sie an. Tara versuchte, sich zu befreien, doch Derek hielt sie eisern fest.

»Was hättest du ...« Claire hielt inne und schnappte erneut nach Luft. »Die Beförderung bekommen sollen? Darum geht es? Deshalb hast du *getötet*?« Claire merkte, wie ihre Stimme sich bei der letzten Frage überschlug, doch sie konnte nichts dagegen tun.

»Ich war an der Reihe.« Taras Schultern sackten

nach vorn, Speichel tropfte von ihren Lippen. Claire erkannte ihre Kollegin kaum wieder. »Ich war am längsten dabei, nach Franklin. Als er ablehnte, hätte ich die Nächste sein sollen, der man den Posten anbietet.« Kreischend vor Wut, versuchte sie erneut, sich aus Dereks Griff zu befreien. »Loslassen!«

Er warf sie herum und stemmte ihr ein Knie in den Rücken. Mit einiger Mühe gelang es ihm, ihre Arme zu packen und sie nach hinten zu ziehen. »Beruhigen Sie sich«, sagt er. »Das Spiel ist aus.«

Linc und Allie kamen herbeigeeilt. Linc reichte Derek ein Paar Handschellen. Derek ließ sie um Taras Handgelenke schnappen, während er ihr ihre Rechte erklärte.

Als er fertig war, begann Tara zu keifen. »Ich kriege Sie dran! Ich kriege euch alle dran wegen Polizeigewalt! Ich werde euch ...«

»Halt den Mund!«, schrie Claire sie an. »Halt den Mund! Halt den Mund!«

Tara verstummte und starrte sie an. Alle starrten sie an, doch Claire wollte endlich Antworten haben und Taras Ausbruch war zu viel für ihre Nerven gewesen.

»Was soll das heißen, er hat abgelehnt?«, fragte sie dann ganz ruhig, als säße sie mit der Frau in einem Café.

»Es bedeutet genau das, was ich gesagt habe«, sagte Tara. Auch sie hatte ihre Stimme auf ein erträgliches Maß gesenkt. Doch ihre Gesichtszüge waren weiterhin verzerrt. »Er wollte die Stelle nicht, weil es mehr Arbeit gewesen wäre und er sehr viel weniger Zeit für seine Familie gehabt hätte. Seine Tochter ist alleinerziehend und ihr Sohn gerät ständig in Schwierigkeiten. Er hat abgelehnt mit der Begründung, es sei nicht der richtige Zeitpunkt für ihn. Deshalb war ich an der Reihe! Ich hätte die Stelle bekommen müssen! Kapierst du? Ich!«

Sie klang wie eine Dreijährige in einem Wutanfall und nicht wie eine über vierzigjährige, hochprofessionelle Expertin. Dieser Umstand und die Handschellen, die sie trug, hatten ihr einen Großteil des Schreckens, den sie verbreitet hatte, genommen.

»Aber ... ich verstehe das nicht. Was hatten Gilly und die Frau damit zu tun? Warum hast du die Frau erschossen?«

»Das war Jane Stevenson«, sagte Derek. »Sie war Amanda Gilmores beste Freundin. Ich vermute, sie wollte nicht, dass die Frau redet. Tara hat sie erschossen und ist dann geflohen. Sie hat gehofft, in der allgemeinen Verwirrung zu entkommen.« Er sah Tara an. »Das ist jedenfalls meine Theorie.«

Claire konnte ihm noch immer nicht folgen. »Mrs Stevenson hat mich dafür verantwortlich gemacht, dass Mrs Gilmore ins Gefängnis musste, das wurde mir vorhin klar, aber ich verstehe es trotzdem nicht. Wie hängt das alles zusammen? Was hat Tara damit zu tun?«

»Ich habe das Ganze geplant!« Tara lachte gehässig auf. Sie schien akzeptiert zu haben, dass sie keine Chance mehr hatte, und platzte fasst, weil sie endlich jemandem von ihrem genialen Plan erzählen wollte. »Ich bin sehr viel cleverer als Franklin, cleverer, als alle gedacht haben«, schnaubte sie. »Ich habe gehört, wie Franklin dich für den Posten empfohlen hat. Ich war fassungslos, verletzt, völlig außer mir!«

»Deshalb hast du beschlossen, mich zu *töten*?«

»Ich wusste, dass ich dich loswerden musste, ohne dass es so aussah, als hätte ich etwas damit zu tun. Also bin ich einfach deine Fälle durchgegangen, bis ich einen fand, den ich mir zunutze machen konnte.«

»Sie brauchten einen Menschen, dessen Emotionen Sie manipulieren konnten«, warf Derek ein.

Tara seufzte. Eine Träne lief ihr über die Wange, ohne dass sie es zu bemerken schien. »Es war ein genialer Plan!«

»Und dann?«, fragte Claire. »Hast du sie angerufen und gesagt: ›Hallo, die Gefängnisstrafe und der Tod Ihrer Mutter waren Claire Montgomerys Schuld. Wie wär's mit einem Plan, sie umzubringen und sich zu rächen?« Sie rang verzweifelt die Hände in die Luft. »Wer macht etwas dermaßen Krankes?« Ihre Stimme überschlug sich fast wieder bei der letzten Frage.

Einen Augenblick starrte Tara sie einfach nur an. Es herrschte vollkommene Stille. Sie hatte keinen Anwalt verlangt, nachdem Derek sie über ihre Rechte belehrt hatte.

Dann lachte Tara plötzlich, als hätte jemand etwas sehr Lustiges gesagt. »Krank?«, schrie sie dann. »Wenn es funktioniert hätte, wäre kein Mensch auf die Idee gekommen, es mit mir in Zusammenhang zu bringen, ebenso wenig wie den Tod dieser beiden bedauernswerten Menschen, für die ein Leben ohne ihre geliebte Amanda Gilmore nicht mehr zu ertragen war.«

»Gut. Das reicht«, sagte Derek. Er zog sie auf die Füße und schob sie zu Nolan hinüber, der sie am Oberarm packte. »Ich erledige den Papierkram, aber zuerst bringe ich Claire nach Hause – beziehungsweise an einen einigermaßen annehmbaren Ort.«

»Nach Hause klingt gut«, sagte Claire. »Ich möchte sehen, wie viel Zerstörung angerichtet wurde, und ein paar Sachen einpacken.«

»Und wir müssen uns bei Levi bedanken. Nur durch seine Beschreibung des Autos konnten wir dem Ganzen auf die Spur kommen und so rasch handeln.«

»Levi. Ja. Ich muss unterwegs noch rasch etwas besorgen.«

»Einen Dinosaurier?«

Sie lächelte. »Ja. Und noch etwas.«

»Okay. Ich fahre dich.«

»Keine schlechte Idee. Gilly hat mir nicht erlaubt, mein Auto mitzunehmen.«

Er verzog das Gesicht, konnte sich aber zu einem Grinsen nicht durchringen, während er zu seinem Truck voranging. »Woher wusstest du, dass es eine Frau war, die geschossen hat?«

Sie stieg ein und schnallte sich an, dann rieb sie sich die Stirn. »Es lag an etwas, das Mrs Stevenson gesagt hat. Dass die Ergebnisse meiner Arbeit eine unschuldige Frau ins Gefängnis gebracht hätten. Und dann hatte sie hinzugefügt: ›Sie hat es gesagt.‹ Da wusste ich, dass es eine Frau war, ich wusste nur nicht, wer.«

»Es tut mir so leid.«

Sie nickte und schluckte schwer. »Habe ich Gilly umgebracht? Ich weiß, dass ich ihn mit dem Messer verletzt habe, aber habe ich ihn getötet?«

»Nein. Das hat Tara getan.«

»Oh.« Sie seufzte. »Ich wollte ihn nicht umbringen. Ich wollte ihn noch nicht einmal mit dem Messer treffen, aber er ...«

Er nahm ihre kalte Hand in seine warme. Dann zog er sie an sich. Sie fing an zu weinen.

»Tut mir leid«, schluchzte sie.

Derek hielt sie fest. »Weine ruhig, Claire, das ist völlig in Ordnung. Das ist doch normal.« Er wusste aus Erfahrung, dass jetzt erst einmal die Emotionen ihr Recht einforderten.

Sie schniefte und wischte sich die Tränen ab. »Tut mir leid.«

»Du brauchst dich nicht zu entschuldigen«, sagte er

freundlich. »Ich habe in meinem alten Job auch schon geweint.«

»Du?«

Er zuckte die Achseln. »Es ist eine gesunde Reaktion. Ich habe nur versucht, es nicht vor versammelter Mannschaft zu tun.«

Sie musste lachen. »Das kann ich gut nachvollziehen.« Sie hielt kurz inne, dann sagte sie: »Obwohl die anderen ganz bestimmt auch manchmal weinen.«

»Wahrscheinlich.« Er drückte ihre Hand. »Können wir fahren?«

Sie stieß einen leisen Seufzer aus. »Ja.«

Er legte den ersten Gang ein und fuhr an.

Claire stieß erneut einen tiefen Seufzer aus und lehnte ihren Kopf gegen die Scheibe. »Ich fasse es einfach nicht, wie schnell Menschen sich so drastisch verändern können.«

»Tara meinst du?«

»Tara, Gilly.« Sie schüttelte den Kopf. »Ich habe mich völlig in ihnen getäuscht.«

»Du trägst keine Schuld. Glaub mir, die größten Verbrecher sind nach außen hin oft die nettesten.«

Claire nickte. Ja, das war ihr in ihrem Job auch schon aufgefallen. Es war aber noch mal etwas ganz anderes, wenn man selbst betroffen war. Sie würde wohl noch eine Weile brauchen, bis sie diese Geschichte verdaut hatte.

»Ich habe noch eine Frage«, sagte Derek schließlich, um sie auf andere Gedanken zu bringen. Und weil ihm die Frage tatsächlich unter den Nägeln brannte.

»Schieß los.«

»Du weißt, was in zwei Wochen ist, oder?«

»Äh ... nein.«

»Nein?« Er schnappte nach Luft. »Wirklich nicht? In zwei Wochen, von heute gerechnet.«

»Was ist heute? Donnerstag?« Sie runzelte die Stirn. »Ich weiß es wirklich nicht.«

»Thanksgiving! Das wichtigste Fest hier im Süden.«

»Du scheinst ja richtig entsetzt zu sein, dass ich nicht daran gedacht habe.«

»Na ja ... schon.« Das hatte doch wohl jeder auf dem Schirm.

Sie lachte leise. »Und warum ist das Erntedankfest so wichtig?«

»Weil man in Columbia im November immer das Glück hat, dass wunderbares Wetter ist.«

»Und das bedeutet?«

»Football, Baby, Football!«

Claire zog eine Braue hoch. »Du sagst das so ehrfürchtig. Warum braucht man gutes Wetter, um sich vom Sofa aus ein Footballspiel anzusehen?«

»Anzusehen?!« Da stand ihm offenbar ein gutes Stück Arbeit bevor. »Nein, meine Liebe. Ich komme aus einer sehr großen Familie. Wir gucken nicht Football, wir *spielen* Football.«

»Wo?«

»Im Hof!«

»Und wenn es regnet oder schneit?«

»Hör bloß auf!«

»Nein, im Ernst«, sagte sie, drehte sich leicht auf dem Sitz und sah ihn an. Ihr amüsiertes Interesse ließ ihr hübsches Gesicht kurzzeitig froh und lebendig aussehen. Derek war erleichtert, dass er es geschafft hatte, sie von den schrecklichen Erlebnissen abzulenken.

Er atmete tief ein, um sein plötzlich heftig schlagendes Herz zu beruhigen. »Äh, na ja, wenn es regnet oder so, dann spielen wir Phase Zehn.«

»Was ist das denn?«

Derek schüttelte den Kopf. »Ich bin platt, ehrlich! Du weißt nicht, was Phase Zehn ist? Wir müssen ganz eindeutig reden.«

»Warum?«

»Weil du Thanksgiving mit mir bei meiner Familie feiern wirst und je mehr du über die Familie St. John weißt, desto besser bist du gewappnet. Und je besser du gewappnet bist, desto geringer ist die Gefahr, dass du davonläufst.«

»Mit dir nach Hause fahren?«, fragte sie entsetzt. »Und davonlaufen?«

»Ja. Du hast nicht wirklich gelebt, ehe du nicht

Thanksgiving bei den St. Johns gefeiert hast. Oder Weihnachten, das ist letztlich egal.« Er schwieg kurz, dann sagte er: »Oder natürlich Ostern oder Muttertag oder Vatertag ...« Er schüttelte den Kopf. »Egal. Reden wir über Thanksgiving.«

Abgesehen von zwei Stopps, bei denen sie die Geschenke für Levi besorgte, erzählte Derek ihr in der nächsten Stunde alles, was ihm einfiel, um sie auf seine Familie vorzubereiten.

Schließlich hielt er vor ihrem Haus – und dem geräuschvollen Chaos des Wiederaufbaus. Hämmer klopften, eine Handkreissäge kreischte und aus einem tragbaren Radio dröhnte laute Countrymusik.

Claire drehte sich mit großen Augen zu Derek um. »Was passiert hier?«

In dem Moment kam Bart Wells aus dem Haus, im Werkzeuggürtel um seine Taille hing ein Hammer. Claire stieg aus und lief ihm entgegen. Er starrte sie einen Moment an, dann trat ein verlegenes Lächeln auf sein Gesicht.

Zehn

Claire blinzelte. Moment mal. Ein Lächeln?

»Bart?«, fragte sie verwundert.

Er zuckte die Achseln. »Ich habe ein Baugeschäft. Und jetzt hatte ich Lust, ein guter Nachbar zu sein und Ihr Haus zusammenzuflicken.« Plötzlich trat ein leichtes Unbehagen in seine Augen. »Sie haben hoffentlich nichts dagegen. Die Versicherungsgesellschaft war schon hier, deshalb ...« Er deutete mit einem Arm auf die Baustelle. »Ich weiß, dass es ein gemietetes Haus ist und das Ganze Vermietersache ist, aber ich wusste auch, dass Sie sich verantwortlich fühlen würden, und ich wollte das für Ihren Vermieter übernehmen und der war einverstanden. Ich, äh, ich wusste nicht, wie hoch der Eigenanteil ist, und dachte, den könnte ich Ihnen ersparen – okay, ich bin ja schon still.«

Claire hatte Tränen in den Augen. Es war ihr egal, ob der Mann umarmt werden wollte oder nicht. Sie trat vor, nahm ihn in die Arme und drückte ihn fest. Als sie zurücktrat, blieb er stocksteif stehen. »Danke, Bart.«

Er war rot geworden. »Äh – gern geschehen, Claire. Tut mir leid, dass ich wegen Levi so barsch war. Ich hatte einfach Angst, dass Sie wie alle anderen sind und …«

»Dass ich mich nur über ihn lustig mache?«, vollendete Claire den Satz, als er schweigend von einem Bein aufs andere trat.

Er nickte. »Und dass Sie seine Gefühle verletzen würden.«

»Das würde ich niemals tun. Jedenfalls nicht mit Absicht.«

»Das ist mir auch klar geworden. Levi ist ein ganz guter Menschenkenner.« Er seufzte. »Ich sollte ihm da einfach mehr vertrauen.«

Sie lächelte. »Darf ich ihm jetzt ein Geschenk geben?«

»Na klar.« Er drehte sich um. »He, Jake, sag doch bitte Levi, er soll mal kurz rauskommen.«

Als Levi Claire sah, trat auch auf sein Gesicht ein breites Grinsen. Er lief los und blieb dicht vor ihr stehen. »Hi, Claire.«

»Hi, Levi.«

»Hast du mir einen Dinosaurier mitgebracht?«

»Levi …«, mischte Bart sich ein.

Claire machte eine beruhigende Handbewegung in Richtung des peinlich berührten Cousins und wollte sich umdrehen, doch da stand Derek bereits mit dem eingepackten Geschenk neben ihr. »Danke.« Sie nahm es ihm ab. »Was meinst du, Levi, was könnte das sein?«

»Ein Dinosaurier?«

»Ja, auch. Aber was könnte sonst noch drin sein?«

Er runzelte die Stirn und überlegte angestrengt. Dann schüttelte er den Kopf. »Ich weiß nicht.« Ein Satz, den man selten aus seinem Mund hören konnte.

»Es ist ein Mikroskop. Ein echtes. Ich werde dir zeigen, wie man es benutzt, wenn Bart einverstanden ist.«

»Er ist total einverstanden«, sagte Levi, bevor sein Cousin auch nur den Mund aufmachen konnte. Er griff nach dem Geschenk, dann umarmte er sie ungeschickt. »Ich bin für heute fertig mit der Arbeit, Bart.« Mit diesen Worten ging er hinüber zu seinem eigenen Wohnhaus.

»Oh!«, sagte Claire leise lachend. »Das tut mir leid.«

Bart zuckte die Achseln. »Alles gut, er hat ja recht. Wir waren sowieso fertig für heute.«

»Levi!« Claire wartete, bis der junge Mann sich umdrehte. »Mach es noch nicht auf, ja? Versprochen? Ich zeige dir erst, wie es funktioniert.«

»Ich verspreche, dass ich nur mal gucke. Das ist doch in Ordnung, oder?«

»Ja.«

Und dann war er verschwunden.

»Also«, sagte Bart, »wir haben die eine Hauswand neu hochgezogen und die übrigen kleineren Löcher ausgebessert.«

In den nächsten fünfzehn Minuten führte er sie durch ihr Haus und zeigte ihr, was seine Leute geschafft hatten. Claire war erstaunt über die Fortschritte, die sie in so kurzer Zeit gemacht hatten. Doch im Haus herrschte auch große Betriebsamkeit. Es wimmelte von Handwerkern.

»Wir brauchen noch ein paar Tage, dann können Sie wieder einziehen.« Er zuckte die Achseln. »Eigentlich könnten Sie auch jetzt schon hierbleiben, aber es ist ziemlich staubig.«

»Es wird schon gehen«, sagte Claire und seufzte. »Ich weiß gar nicht, wie ich Ihnen danken soll«, sagte sie leise.

»Sie haben mir doch schon gedankt. Sie haben Levi etwas geschenkt, das er in letzter Zeit schwer vermisst hat.«

Claire zog eine Braue hoch.

»Hoffnung und ein bisschen Glücklichsein«, sagte der Mann.

Dann ging er. Claire spürte, wie Derek ihr die Hand auf die Schulter legte. Sie drehte sich um und sah ihn an. Er erwiderte ihren Blick. Dann küsste er sie lange und zärtlich.

Als er den Kopf hob, lächelte sie. »Nicht, dass ich was dagegen hätte, aber wofür war das?«

»Du bist unfassbar. Einfach unfassbar.«

Sie legte ihm die Arme um den Hals. »Und ich glaube, du bist ebenfalls ziemlich unglaublich. Sind wir nicht ein gutes Team?«

»Das beste.«

Er wollte sie erneut küssen, doch sie legte ihm einen Finger auf die Lippen.

»Was ist?«, fragte er.

»Ich glaube, wir müssen das Küssen noch ein bisschen aufschieben. Du musst mir zuerst noch mehr von deiner Familie erzählen. Ich glaube, mein Wissensarsenal ist noch längst nicht ausreichend.«

Derek schnaubte. »Da könntest du recht haben. Okay. Fahren wir zu Nolan. Dort können wir es uns gemütlich machen und alles aufessen, was er im Haus hat.«

»Nolan und Kallie sind die Besten, nicht wahr?«

»Ja. Und sie haben den Kühlschrank immer voller leckerer Sachen.«

»Ah – jetzt weiß ich, warum du eigentlich zu Besuch gekommen bist!«

Er lachte und drückte ihre Hand. »Es wird Spaß machen, dich kennenzulernen, Claire.«

Ihr Herz fing an zu klopfen.

»Und du willst nicht mehr vor einer Beziehung weglaufen?«, fragte er, plötzlich ernst geworden. »Vor dem, was wir haben könnten? Vor der Zukunft?«

»Nein. Nicht mehr.« Sie schwieg, dann fuhr sie fort:

»Ehrlich gesagt, ich kann mir eine Zukunft ohne dich gar nicht mehr vorstellen.«

Er entspannte sich und küsste sie erneut. »Das klingt doch bestens. Gut, dann lass uns gehen.«

* * *

Zwei Wochen später führte Derek Claire die Stufen zur Veranda seines Elternhauses hinauf und schloss seinen Regenschirm. »Ich kann's nicht fassen, dass es wirklich regnet. Warum muss es ausgerechnet heute regnen?«

Claire lachte. »Schhh. Das ist doch bloß ein bisschen Nieselregen.«

»Aber es bedeutet, dass es kein Footballspiel geben wird.«

Sie hörte auf zu lachen und starrte den Mann an, mit dem sie in den letzten beiden Wochen fast jede wache Stunde verbracht hatte. »Weinst du etwa?«

»Nein, aber ...« Er seufzte. »Ja. Ja, ich weine. Ich wollte so gern Football spielen.«

»Ich freue mich auf das Phase-Zehn-Spielen. Ich habe die Regeln im Internet nachgelesen.« Sie sah sich um. »Es ist wundervoll hier. Heute ist erst Thanksgiving, aber deine Eltern haben schon für Weihnachten geschmückt. Ich habe sogar einen Baum gesehen!«

»Das klingt nach meiner Mutter. Sie liebt Weihnachten. Und Thanksgiving. Eigentlich jedes Fest. Und Sonntagsessen. Sie und mein Vater stellen immer am Morgen des Erntedankfestes den Weihnachtsbaum auf. Oder vielmehr mein Vater stellt ihn auf und alle Kinder, die da sind und helfen wollen, schmücken ihn. Meine Mutter steht die ganze Zeit in der Küche.« Er rieb sich die Hände und räusperte sich.

»Ist alles in Ordnung?«

»Ja, ja. Es ist nur ...« Er legte ihr die Hände auf die Schultern. »Es waren zwei wunderbare Wochen, Claire. Ich kann mich nicht erinnern, dass ich je so viel Spaß gehabt hätte ... und so tiefe Gefühle empfunden. Ich danke dir dafür.«

Sie öffnete den Mund, schloss ihn wieder, öffnete ihn erneut. »Ich empfinde genauso. Danke, dass du mich nicht hast weglaufen lassen.«

Er zog sie an sich. »Da ist aber noch etwas. Ich ... äh ... äh ...«

»Was?«

»Ich ... habe etwas ausgelassen. Eine Tatsache über meine Familie.«

»Derek, du hast stundenlang über deine Familie geredet. Über jeden Einzelnen. Darüber, dass sie alle bei der Polizei sind, über Ruthies Außenseiterentscheidung, Ärztin zu werden, über die mörderischen Phase-Zehn-Spiele, über alles. Was um alles in der Welt könntest du ausgelassen haben?«

Er seufzte. »Die Zweijährigen.«

Sie blinzelte. »Wie bitte?«

»Wie stehst du zu Zweijährigen?«

»Ganz bestimmte oder Zweijährige im Allgemeinen?«

»Sehr lebhafte.«

»Was willst du mir eigentlich sagen?«

»Ach, egal. Ich glaube, du musst jetzt einfach ins kalte Wasser springen.« Er stieß die Tür auf. Claire erstarrte. Musik und Gelächter, dazwischen empörte Aufschreie, gefolgt von quietschendem Kichern, empfingen sie. Und das alles in den allerersten Sekunden nach dem Öffnen der Tür.

Dann sauste eine kleine Gestalt an ihr vorbei und noch eine und noch eine – und noch eine. Dahinter kam Daria angelaufen, die ihr im Vorbeigehen zuwinkte. »Hi, Claire! Hey, Derek!«

Die Nachhut bildete Allie, die jedoch schlitternd zum Halten kam, als sie Claire erblickte. Sie lächelte sie strahlend an, nahm ihr Handgelenk und zog sie ins Haus. Derek folgte ihnen und schloss die Tür.

»Derek?«, fragte Claire nach rückwärts gewandt.

»Geh einfach mit ihr mit.«

»Die Kleinen, die da eben vorbeigerannt sind«, sagte sie, »die sich schneller bewegen als Gewehrkugeln, sind das die Zweijährigen?«

Er zuckte die Achseln. »Ja. Es gibt fünf davon.«

»Wie kommt so was?«

»Schwägerinnen und Schwestern, die alle innerhalb

weniger Wochen gleichzeitig schwanger werden und dann auch noch Zwillinge bekommen.«

»Oh.«

»Onkel Dek!« Einer der Zweijährigen warf sich gegen Dereks Schienbeine. Der beugte sich hinunter und hob den grinsenden Zwerg hoch. »Hi, Tim. Wie geht's?«

»Ich hab Hunga.«

»Du hast immer Hunger«, lachte Derek und setzte ihn wieder auf den Boden.

Inzwischen hatte Allie Claire in das große Wohnzimmer gelotst. Sie steckte zwei Finger zwischen die Lippen und ließ einen ohrenbetäubenden Pfiff ertönen. Alle wurden schlagartig still.

Allie lächelte. »Danke für eure Aufmerksamkeit. Ich möchte euch Claire Montgomery vorstellen. Sie ist eine neue Freundin und, wenn es nach Derek geht, eines Tages wahrscheinlich ein Familienmitglied, also seid ja nett zu ihr.«

Claires Wangen verfärbten sich tiefrot.

»So wie du es gerade getan hast, meinst du?«, fragte Linc.

»War das nicht in Ordnung?«, fragte Allie und schaute Claire an. Dabei sah sie plötzlich etwas schuldbewusst aus.

Bevor Claire etwas sagen konnte, griff Derek nach ihrem Arm, den Allie noch immer umklammert hielt, zog sie aus den überfallartigen Willkommensrufen der anderen in einen etwas geschützteren Bereich und nahm sie in die Arme. »Es tut mir leid.«

Sie kicherte.

Er legte eine Hand unter ihr Kinn und hob ihr Gesicht an. Sie sah seinen besorgten Blick und ein Geräusch, halb Lachen, halb Schnauben, drang aus ihrem Mund.

»Was ist?«, fragte er.

»Hier ist es ganz genau so, wie ich es mir vorgestellt habe. Aber Allie – damit habe ich nicht gerechnet, nicht nach dem, wie ich sie in Asheville erlebt habe. Sie war total professionell und … und …«

»Und?«

»Ich weiß nicht. Jedenfalls nicht so … locker.«

Er lächelte. »Zugegeben, sie ist ein bisschen unheimlich mit diesem Schwanken zwischen Dr.-Jekyll- und Mr-Hyde-Benehmen, aber sie hat sich schon sehr positiv entwickelt, seit Linc sie zu uns geholt hat.«

»Das klingt, als redetest du von einem Welpen.«

Er lachte auf, dann legte er seine Stirn an ihre. »Sie haben dich also nicht verschreckt? Du willst nicht, dass ich dich zurück nach Tanner Hollow bringe?«

»Auf gar keinen Fall! Und wenn du mich nicht weggezerrt hättest, wäre ich jetzt wahrscheinlich knietief in Gespräche verwickelt und würde ihnen allen tausend Fragen stellen.«

»Oh.«

»Mein Sohn« – eine Frau, die nur Dereks Mutter

Tabitha St. John sein konnte, stand in der Tür –, »könntest du Claire vielleicht wieder ins Wohnzimmer bringen, damit wir sie kennenlernen können?«

»Tut mir leid, wenn ich dich in Verlegenheit gebracht habe, Claire«, ließ sich Allie leise hinter ihrer Schwiegermutter vernehmen.

»Das hast du nicht«, sagte Claire. »Ihr seid alle ganz reizend und ich komme gleich. Ich muss nur noch den Typen hier davon überzeugen, dass ich mich nicht durch die Hintertür fortstehlen werde.«

»Oh – gut«, sagte Allie. Sie sah wirklich erleichtert aus. »Vor drei Jahren hätte ich so was niemals gemacht, aber die St. Johns haben es einfach drauf, einen Menschen entspannt sein zu lassen.«

»Oma, ich hab Hunger«, sagte einer der Zweijährigen und boxte sich zu Tabitha durch.

Sie nahm ihn auf den Arm. »Das ist Tim. Er ist der Sohn von Ruthie und Isaac. Seine Zwillingschwester Faith ist auch hier irgendwo – wahrscheinlich wird sie gerade von Penny, Rachel oder Daria gejagt. Das liebt sie. Penny ist eine Cousine der St. Johns und Rachel ist Blakes und Chloes Tochter. Na ja, genau genommen Chloes Stieftochter, aber ... egal. Du wirst es schon herausfinden.«

Claire blinzelte. »Tim und Faith?«

»Ja. Und ehe du fragst – ja, sie sind tatsächlich nach *dem* Tim und *der* Faith benannt.« Sie schüttelte den Kopf. »Ich hätte mir nie träumen lassen, jemals Enkel zu haben, die nach Countrystars benannt sind.« Sie zuckte die Achseln. »Ach, da ist ja Ruthie. Sie macht immer ihr eigenes Ding.«

»Ruthie. Die Chirurgin, nicht wahr?«

»Mein kleines schwarzes Schaf.« Doch Tabitha schien sich nicht weiter daran zu stören – weder an Ruthies Beruf noch an den Namen der Kinder. »Also, komm rein zu uns, sobald du so weit bist. Da es regnet, wird's ein Phase-Zehn-Tag ohne Football. Wappne dich, es könnte ein bisschen wild werden.«

Sie verschwand, den kleinen Jungen noch immer auf der Hüfte, und wirkte nicht im Geringsten wie eine Polizeichefin, sondern einfach wie eine sehr zufriedene Oma. Allie folgte ihnen.

Derek zog die Brauen hoch. »Na denn«, sagte er. Er nahm Claires Hand und führte sie zurück ins Chaos.

»Ich bin Izzy«, sagte eine hübsche, dunkelhaarige Frau. Sie schnappte einen der Kleinen. »Und das ist Christopher. Er ist erst vor ein paar Tagen zwei geworden. Christopher, sag ›Hallo‹ zu Claire.«

Der kleine Junge grinste sie an. »Hallo.« Dann runzelte er die Stirn und fing an zu zappeln. »Runter, Mama.«

Sie küsste ihn auf die dunklen Locken und stellte ihn auf den Boden. Er war schneller verschwunden, als Claire blinzeln konnte.

Izzy lachte. »Ja, so schnell kann man gar nicht gucken.«

»Ich bin beeindruckt.«

»Hi, ich bin Emily«, sagte eine Stimme zu ihrer Rechten. »Ich bin mit Brady verheiratet. Und das hier ist Angela Noelle. Sie wird im Dezember vier. Und das da drüben ist Chloe mit ihrem kleinen Mädchen, Brianna.«

Claire drehte ihren Kopf hin und her und nahm alles auf. Sie tat ihr Bestes, die Namen, die sie bereits gehört hatte, mit den Gesichtern, zu denen sie gehörten, in Verbindung zu bringen.

Der Tag verging in einem Nebel neuer Gesichter und sich kabbelnder Geschwister. Claire hätte es nicht für möglich gehalten, dass man in so kurzer Zeit so viel lachen konnte.

Irgendwann im Laufe des Nachmittags traten ihr Tränen in die Augen und sie hatte einen Kloß im Hals.

»Hey«, sagte Derek und legte ihr einen Arm um die Schultern. »Ist alles in Ordnung?«

»Ja, es ist ganz wundervoll.« Sie beugte sich vor und küsste ihn auf die Wange. «Ich wusste nicht, dass es solche Familien wirklich gibt – außerhalb von Fernsehshows, meine ich.«

»Wir sind nicht perfekt.«

»Nein, aber ihr liebt euch.«

»Ja, das tun wir.« Er schwieg kurz, dann fuhr er fort: »Du bleibst also?«

»Ganz bestimmt. Ich wurde gerade erst in die Regeln von Phase Zehn eingewiesen.«

Er staunte. »Von wem?«

»Ich glaube, es waren Ruthie und Isaac.«

»Sieh an. Und das war's? Sie haben dir einfach nur die Regeln gesagt?«

»Hmm.«

Er kniff die Augen zusammen. »Und was noch?«

»Ich soll dich im Auge behalten, weil du schummelst.«

»Ich wusste es!« Er ließ sie los und drehte sich zum Zimmer um. »He, Isaac! Detective Isaac Martinez!«

Der Mann, der gerade einem Kind die Nase putzte – Claire glaubte nicht, dass es sein eigenes Kind war –, sah erschrocken auf. »Was?«

»Ich warne dich, Mann!«

Isaac begriff, was Derek meinte, und ein breites Grinsen trat auf sein Gesicht. »Selber schuld!«

»Holt die Karten! Holt die Karten!« Der Singsang kam von Penny, Rachel und Daria, die dicht beieinander in einer Ecke des Zimmers saßen und auf den Schlagabtausch aufmerksam geworden waren.

Claire seufzte zufrieden und schloss für einen kurzen Moment die Augen. Sie genoss die Wärme der Welt, in die sie eingeladen worden war.

Und dann begriff sie plötzlich: Sie hatte jetzt eine Familie. Sie war endlich zu Hause.

Leseprobe »Rückkehr nach Tanner Hollow«
von Lynette Eason

Eins

Schlimme Dinge geschehen immer im Dunkeln. Das war jedenfalls Kallie Ainsworths Erfahrung. Sie hatte die Dunkelheit schon immer gehasst und hatte diese kindliche Angst auch als Erwachsene nicht ablegen können.

Aus diesem Grund hatte sie eigentlich noch vor Sonnenuntergang in Tanner Hollow, North Carolina sein wollen. Doch leider war sie durch eine Reifenpanne aufgehalten worden und nun befand sie sich auf einer Landstraße im Gebirge, auf dem Weg an einen Ort, an dem man sie wahrscheinlich nicht mit offenen Armen empfangen würde. In den ganzen sechs Jahren, in denen sie nicht dort gewesen war, war es ihr nicht gelungen, die Ungewissheit und die Ängste abzulegen. Sie lauerten ununterbrochen unter der Oberfläche.

Im Radio wurden Weihnachtslieder gespielt, die sie daran erinnerten, warum sie an den Ort, von dem sie geflohen war, zurückkehrte. Sie hatte sich geschworen, das erst zu tun, wenn es dort sicher war. Und das war es jetzt. Hoffentlich.

Vor einer scheinbaren Ewigkeit war sie vor ihrem Stiefvater und seinen Misshandlungen davongelaufen, doch jetzt war er tot und konnte ihr keine Angst mehr machen. Dennoch plagten sie Vorahnungen.

Sie hatte von diesem Moment geträumt. Nicht unbedingt von Ricks Tod, aber davon, nach Hause zu kommen, wieder bei ihrer Familie sein zu können. Es war schlimm genug gewesen, als Rick bei ihnen eingezogen war und ihre Mutter geheiratet hatte, doch dann hatte er sich auch noch in die Anwaltskanzlei ihres Vaters eingeschlichen. Sie wusste bis heute nicht, wie er das eigentlich angestellt hatte. Doch es spielte jetzt keine Rolle mehr. Er war fort. Für immer.

Zu ihrer Linken säumten alte Kiefern den Weg zu ihrem Elternhaus. Zu ihrer Rechten fiel der Hang neben der Straße steil ab, was sie trotz der Leitplanken nervös machte. Sie trat etwas fester auf das Gaspedal und konzentrierte sich auf die Straße im Scheinwerferlicht vor sich und nicht auf die Dunkelheit, die sie umgab.

Plötzlich katapultierte ein Stoß von hinten ihr Auto vorwärts. Kallie schrie auf, weil ihr Auto ins Schleudern geriet, und versuchte verzweifelt, nicht von der Straße abzukommen. Mit jagendem Puls gelang es ihr, den Wagen wieder unter Kontrolle zu bringen. Doch gleich darauf erfolgte der zweite Stoß, diesmal auf der linken Seite des Hecks.

Das Auto schlingerte nach rechts. Dort war die Leitplanke und dahinter der Abgrund. Wenn sie die Leitplanke durchbrach, war sie tot. Kallie brauchte den Steilhang nicht zu sehen, um das zu wissen. Verzweifelt kämpfte sie gegen die Fliehkraft des Aufpralls an. Sie hielt das Lenkrad fest und trat mit aller Kraft auf die Bremse. Mit quietschenden Reifen bekam sie das Auto erneut unter Kontrolle. Es kam stotternd zum Halten und der Motor erstarb.

Das andere Auto schoss an ihr vorbei, dann sah Kallie Bremslichter aufleuchten. Moment – kam es etwa zurück?

Vor Angst zitternd drehte sie den Zündschlüssel, doch der Wagen sprang nicht an. Sie versuchte es noch einmal. Und noch einmal. Das Auto vor ihr hatte gewendet und kam auf sie zu.

»Nein«, flüsterte sie. Panisch riss sie die Tür auf und stürzte hinaus. Es war beißend kalt, so kalt, dass sie für den Bruchteil einer Sekunde stehen blieb. Ihr dicker Wintermantel lag auf dem Rücksitz. Sie blickte zu dem Auto, das sie gerammt hatte und das jetzt mitten auf der Straße stand. Die Fahrertür öffnete sich, doch die Innenbeleuchtung ging nicht an. Der Angreifer, wer auch immer es war, wollte die Jagd offenbar fortsetzen.

Kallie rannte hinter ihr Auto und duckte sich. Dunkelheit hüllte sie ein, also konnte er sie hoffentlich nicht sehen. Sie kauerte auf der Straße, das Herz schlug ihr bis zum Hals. *Denk nach. Denk nach!*

Schritte.

Er kam.

Panik ergriff sie. Sie blickte zum Abhang hinüber. Er war an dieser Stelle nicht ganz so steil, doch ein einziger Fehltritt und sie würde abstürzen, bis ganz nach unten. Ein Stückchen unterhalb standen ein paar Bäume. Konnte sie sich vielleicht hinter einem von ihnen verstecken?

Sie hatte einen Fehler gemacht. Sie hätte sich nicht hinter ihr Auto hocken sollen, sondern schnurstracks auf das Wäldchen zulaufen, das zur Rückseite ihres Elternhauses führte. Jetzt war sie eine leichte Beute für ihren Verfolger.

Die Schritte kamen näher.

»Ich weiß, dass du da bist«, sagte eine Stimme leise und drohend.

Kallie stockte der Atem. Sie flüsterte ein Stoßgebet. Die Gestalt kam den Straßenrand entlang auf sie zu. Sie sah, wie er über die Kante nach unten blickte. Wenn er nach rechts schaute, würde er sie sehen.

Konnte sie sich bewegen, ohne dass er es merkte? Ein Schauer jagte ihr über den Rücken. Verzweifelt sann sie auf einen Ausweg. Hier konnte sie nicht bleiben. Sie musste es versuchen.

Die Augen fest auf die Gestalt am Straßenrand gerichtet, trat sie einen Schritt zurück. Und noch einen. Er blickte noch immer den Abhang hinunter.

Auf der anderen Seite des Autos blieb sie stehen

und betrachtete den freien Raum zwischen sich und der Deckung der Bäume. Es waren nur knapp zehn Meter, doch genauso gut hätte es auch ein Kilometer sein können. Nach einem raschen Blick zurück, mit dem sie sich versicherte, dass er nicht zu ihr herübersah, rannte sie los, auf die Bäume zu.

»He!«

Sie rannte schneller. Als sie hörte, dass er hinter ihr herlief, stieg erneut Panik in ihr auf. Sie konnte nur noch daran denken, dass sie ihm entkommen und es zur Hintertür des sicheren Hafens ihrer Kindheit schaffen musste.

Sie kannte das Gelände. Sie hatte hier gespielt, seit ihre Mutter ihr endlich erlaubt hatte, es eigenständig zu erkunden, solange sie in Rufweite blieb.

Jetzt musste sie den Weg finden, bevor ihr Verfolger sie fand.

* * *

Detective Nolan Tanner stand im Wohnzimmer der Goodlettes und musterte die ernsten Gesichter der Menschen, die um ihn herum standen, Kallie Ainsworths Familie.

Sharon Goodlette, Kallies Mutter, war Anfang fünfzig und noch immer eine Schönheit. Wenn er es richtig in Erinnerung hatte, war ihre jüngste Tochter, Megan, dreiundzwanzig. Rein äußerlich war sie genau das Gegenteil von Kallie. Kallie hatte glattes blondes Haar und blaue Augen, Megan dunkle Locken, die ihr bis auf die Mitte des Rückens fielen. Ihre Augen schimmerten wie tiefschwarzer Onyx, ihre vollen Lippen bildeten einen permanenten Schmollmund. Und dann gab es noch drei Stiefkinder aus Ricks erster Ehe, seine erwachsenen Söhne, James und Richard, und seine Tochter, Shelley.

Im Moment starrten sie ihn alle an, als hätte er zwei Köpfe.

Rick Goodlette, Kallies Stiefvater, war seit drei Tagen tot. Die Beerdigung war für übermorgen angesetzt. Gleich danach sollte das Testament verlesen werden. Die Angehörigen waren eingefallen wie die Geier, als die man sie ihm beschrieben hatte.

»Ich sage es nur sehr ungern, aber es könnte bedeuten, dass das Begräbnis verschoben werden muss.«

»Was?«

»Nein!«

»Sind Sie verrückt geworden?«

Seine Ankündigung verursachte einen Chor von Einwänden, doch damit hatte er gerechnet. Er seufzte. »Es tut mir wirklich leid, aber es deutet alles darauf hin, dass Ricks Tod kein Unfall war.«

»Es war ein Autounfall!« Sharon stand auf und ging zum Kamin. Dann drehte sie sich um. »Ein Autounfall, auf einer kurvenreichen Bergstraße.«

»Wir haben ein Einschussloch in der Windschutzscheibe gefunden.«

Sie starrte ihn mit offenem Mund an. Mehrere Anwesende stöhnten entsetzt. »Was?«

Sharon Goodlette war entweder eine oscarreife Schauspielerin oder sie hatte tatsächlich keine Ahnung, dass die Ursache für den Tod ihres Ehemannes etwas anderes als ein Unfall gewesen sein könnte. Sie stolperte zurück zu ihrem Sessel und sank hinein. »Aber ... nein. Wie ...?«

»Wir haben einen Zeugen, der zur Zeit des Unfalls einen Schuss gehört haben will. Ich habe die beiden Ereignisse erst heute Morgen in einen Zusammenhang gebracht und ließ Ricks Auto daraufhin genauer untersuchen. Anfangs hielten wir die zerbrochene Windschutzscheibe für eine Folge des Unfalls, doch als wir sie uns genauer ansahen, entdeckten wir das Einschussloch.«

»Ich kann es einfach nicht glauben.« Sharon fuhr sich mit der Hand durchs Haar.

»Ich weiß, dass es schwer für Sie ist«, sagte er, »und ich verspreche, mein Bestes zu tun, um diesen Fall so schnell wie möglich aufzuklären.«

»Kallie wird bald hier sein.«

Nolans Herz fing an zu klopfen. »Kallie?«

»Ja. Warum erstaunt dich das?«, fragte Megan. Sie trat auf ihn zu.

Der Hauch eines herben Parfüms stach ihm in die Nase. Es schien derselbe Duft zu sein, den sie bereits in der Highschool getragen hatte. Er hatte ihn damals nicht gemocht und er gefiel ihm auch jetzt nicht.

Er trat einen Schritt zurück. »Ach, ich bin einfach nur überrascht. Ich wusste nicht, dass sie sich so nahestanden.«

»Das taten sie auch nicht.«

Und trotzdem kam sie zum Begräbnis ihres Stiefvaters nach Hause? Wahrscheinlich ihrer Mutter zuliebe. Die Gerüchte über den Streit zwischen Rick und Kallie kamen ihm in den Sinn. Eines Morgens war sie einfach aufgestanden und fortgegangen, ohne irgendjemandem ein Wort zu sagen, nicht einmal ihm.

Er hatte Kallie vermisst. Sie waren schon auf der Highschool Freunde gewesen. Anfangs Freunde, dann mehr. Doch sie war fortgegangen und hatte sein Herz mitgenommen. Er schüttelte kaum wahrnehmbar den Kopf. Darüber wollte er jetzt nicht nachdenken.

»Wissen Sie, wann Sie hier sein wollte?«, fragte er Kallies Mutter.

Sharon sah auf die Uhr auf dem Kamin. »Eigentlich schon vor einer Stunde, aber sie hat uns benachrichtigt, dass es wegen einer Reifenpanne später werden würde.«

Nolan runzelte die Stirn. »Schien sonst alles in Ordnung zu sein?«

»Ja. Jedenfalls hat sie nichts Gegenteiliges gesagt.« Sie zog ihr Handy aus der Tasche ihrer legeren schwarzen Hose. »Ich versuche noch mal, sie zu erreichen.« Sie wählte die Nummer und lauschte. Dann schüttelte sie den Kopf. »Nichts.«

Megan trat erneut vor ihn hin und sah mit großen dunklen Augen zu ihm auf. »Du glaubst doch nicht, dass ihr etwas zugestoßen ist?«

»Nein, natürlich nicht.«

Sie wandte sich an ihre Mutter. »Vielleicht sollten wir sie suchen.«

Ihre Mutter seufzte. »Warten wir noch ein paar Minuten. Vielleicht kann sie nicht ans Telefon, während sie fährt.«

Megan runzelte die Stirn, dann nickte sie. »Gut, aber wenn sie nicht bald hier ist, suche ich sie.«

Nolan dachte an das Mädchen, das er geliebt hatte, und sprach ein Stoßgebet für sie. Ob sie wohl noch an ihn gedacht hatte, nachdem sie fortgegangen war? Er seufzte innerlich. Es spielte keine Rolle mehr. Sie hatte ihn verlassen, nachdem er sie gebeten hatte, ihn zu heiraten.

Sie war erst neunzehn Jahre alt gewesen. Zu jung, um zu wissen, was sie wollte. Immerhin hatte sie ganz genau gewusst, was sie nicht wollte.

Ihn.
Es tat noch immer weh.

Mehr lesen Sie im Buch »Rückkehr nach Tanner Hollow«,
ISBN: 978-3-7751-6153-4

Dank

Ich danke meiner fantastischen Familie.

Ich liebe euch alle, ihr verrückter Haufen!